火《ひ》のことわ

とんで火《ひ》に入《い》る夏《なつ》の虫《むし》

●

●

火中《かちゅう》の栗《くり》をひろう

●

●

風前《ふうぜん》の灯火《ともしび》

●

●

自分《じぶん》には関係《かんけい》がなく、
いたくもかゆくもないこと。

みずからすすんで
危険《きけん》や災難《さいなん》に
とびこんでいくこと。

いきおいがあるものに、
さらにいきおいを
くわえること。

怪談 オウマガドキ学《がく》園《えん》

火《ひ》の玉《たま》ただよう消火《しょうか》訓練《くんれん》

「はしゃぎすぎておこられた」

怪談オウマガドキ学園編集委員会
責任編集・常光徹　絵・村田桃香 かとうくみこ 山﨑克己

どこかにあるけどどこだかわからない
この世《よ》とあの世《よ》のさかいめあたり
昼《ひる》と夜《よる》とがまじりあう
オウマガドキは
ふしぎの時間《じかん》
まじめに
ひなんしよ～！

とびらがひらけば
そこが入《い》り口《ぐち》
クラスメートは
オバケと幽霊《ゆうれい》と妖怪《ようかい》と……
さあ、もうすぐ授業《じゅぎょう》がはじまるよ

オウマガドキ学園

「火《ひ》の玉《たま》ただよう消火訓練《しょうかくんれん》」の時間割《じかんわり》

キャラクター紹介《しょうかい》

生徒《せいと》

幽麗華《ゆうれいか》

転校生《てんこうせい》。クールな性格《せいかく》。

河童《かっぱ》の一平《いっぺい》

クラスではリーダー的存在《てきそんざい》。
学級委員《がっきゅういいん》。

タヌキのポン太《た》

食《く》いしんぼうで
おっちょこちょい。

雪娘《ゆきむすめ》のゆき子《こ》

クラスのアイドル的存在《てきそんざい》。

火《ひ》の玉《たま》ふらり

いつもふらふらとんでいて
おちつきがない。

トイレの花子《はなこ》

トイレにすみついている。
親切《しんせつ》だが気《き》が強《つよ》く、うるさい。

牛鬼《うしおに》のウシオ

いたずら大好《だいす》きガキ大将《だいしょう》。
いつも先生《せんせい》におこられている。

魔女《まじょ》のまじょ子《こ》

マジョリー先生《せんせい》の娘《むすめ》。
おしゃれ好《ず》き。

人面犬助《じんめんけんすけ》

足《あし》がはやい。
時速《じそく》100キロ以上《いじょう》で走《はし》る。

ぬらりひょんぬらりん

頭《あたま》はいいが、つかみどころがなく不気味《ぶきみ》。

猫又《ねこまた》ニャン子《こ》

男《おとこ》まさりで気《き》が強《つよ》い。

座敷《ざしき》わらしの小夜《さよ》

ひとりでのんびりするのが好《す》き。

マジョリー先生《せんせい》

理科《りか》の先生《せんせい》。
魔法《まほう》の薬《くすり》の作《つく》り方《かた》も教《おし》える。

天狗《てんぐ》小太郎《こたろう》先生《せんせい》

生活指導《せいかつしどう》と武道《ぶどう》を担当《たんとう》。
空《そら》のパトロールをして
学校周辺《がっこうしゅうへん》を見《み》はっている。

はじまりのHR《ホームルーム》

今日《きょう》のＨＲ《ホームルーム》はマジョリー先生《せんせい》です。

「今日《きょう》は火《ひ》について勉強《べんきょう》します。火《ひ》といえば、どんなことが思《おも》いうかびますか」

「はい！　林間学校《りんかんがっこう》のキャンプファイアーです」

タヌキのポン太《た》がまっさきに手《て》をあげていいました。

「そうね。キャンプファイアー、楽《たの》しかったわね。みんなで歌《うた》をうたったりしてね。ほかには？」

先生《せんせい》がいうと、みんながいっせいに手《て》をあげました。

「花火《はなび》も火《ひ》ですよね。夏《なつ》の花火大会《はなびたいかい》、今年《ことし》も楽《たの》しみだなあ」

と、座敷《ざしき》わらしの小夜《さよ》がいいました。

「おれは自分《じぶん》でやる花火《はなび》が好《す》きだな。ロケット花火《はなび》をバンバンあげたい」

と牛鬼《うしおに》のウシオ。

「理科《りか》の実験《じっけん》もあるよ。アルコールランプをつかうよね」

ぬらりひょんぬらりんが、ランプに火《ひ》をつけたりけしたりするふりをしました。

「料理《りょうり》の火《ひ》！　魚《さかな》は生《なま》でもいいけど、焼《や》いて食《た》べるとおいしいニャ」

と、猫又《ねこまた》ニャン子《こ》がいいました。

さっきから火《ひ》の玉《たま》ふらりが、教室中《きょうしつじゅう》をとびまわっています。

「ねえねえ、みんな、ぼくのことをわすれてない？」

「ごめんごめん。ふらりくんも火《ひ》だよね」

と、河童《かっぱ》の一平《いっぺい》がいいました。

「そうね、いろんな火《ひ》があるわね」

と、マジョリー先生《せんせい》はうなずきました。

「みんなが思《おも》いうかべたのは楽《たの》しいことだったけど、火《ひ》にはきけんなめんもあるわ。

小《ちい》さい火《ひ》だからって、ゆだんしていると火事《かじ》になることもあるのよ」

「そうよ、あぶないわよね。わたし、火《ひ》は苦手《にがて》」

と雪娘《ゆきむすめ》のゆき子《こ》。

「ママったら、ときどき魔法《まほう》の薬《くすり》の実験《じっけん》に失敗《しっぱい》して、髪《かみ》の毛《け》がこげちゃったりするのよ」

と、魔女《まじょ》のまじょ子《こ》がゆき子《こ》にささやきました。

マジョリー先生《せんせい》はまじょ子《こ》のほうをにらんでからいいました。

「それから、今日《きょう》は消防署《しょうぼうしょ》の方《かた》がきて、消火訓練《しょうかくんれん》があります。だいじなことだから、こわがらずに参加《さんか》してね」

「ぼくもちょっとお手《て》つだいするんだよ」

と、火《ひ》の玉《たま》ふらりが胸《むね》をはりました。

「消防車《しょうぼうしゃ》もくるかな。かっこいいなぁ」

と、ウシオはわくわくしています。

「ではみんな、しっかり勉強《べんきょう》してね」

そういってマジョリー先生《せんせい》は教室《きょうしつ》を出《で》ていきました。

1時間目《じかんめ》

海《うみ》の月《つき》

大島清昭《おおしまきよあき》

会社員《かいしゃいん》の小原《おはら》は、石川県《いしかわけん》のとある港町《みなとまち》へ旅行《りょこう》にきていた。地元《じもと》の漁師《りょうし》が経営《けいえい》する民宿《みんしゅく》にとまって、つりざんまいの数日間《すうじつかん》をすごしている。

その日《ひ》、小原《おはら》ははやく夕食《ゆうしょく》をすませて、しばらく夜《よ》づりを楽《たの》しんだ。そこは民宿《みんしゅく》の主人《しゅじん》が教《おし》えてくれた穴場《あなば》で、たしかに魚《さかな》がよくつれる。それに、自分以外《じぶんいがい》にだれもいないことも気分《きぶん》がよくて、時間《じかん》をわすれてつり糸《いと》をたらした。

ふと腕時計《うでどけい》を見《み》ると、もう二時間近《じかんちか》くがすぎている。

(今日《きょう》はこれくらいにしておこうかな)

あまりおそくなっても、民宿《みんしゅく》にめいわくがかかる。小原《おはら》は、そろそろもどることにした。

月《つき》も、星《ほし》も、出《で》ていない、くらい夜《よる》だった。

たよりになるのは、手《て》もとのペンライトのあかりだけだ。

海《うみ》ぞいの道《みち》を進《すす》み、お寺《てら》のうらてにさしかかった。くらがりにお墓《はか》がならんでいるのが見《み》える。

(なんか不気味《ぶきみ》な感《かん》じだなぁ)

足早《あしばや》にとおりすぎようとしたまさにそのとき、なまぬるい潮風《しおかぜ》がふいてきた。
その風《かぜ》にのって、むこうからなにか光《ひか》るものが近《ちか》づいてくる。
(な、なんだ?)
ゆらゆらゆれるそれは、赤《あか》い火《ひ》の玉《たま》だった。
「マジか……」
くらい夜《よる》だったから、火《ひ》の玉《たま》の赤《あか》い光《ひかり》は、あたりをやけにあかるく照《て》らしだす。
まるで真《ま》っ赤《か》な月《つき》に照《て》らされているよう

だった。
あまりのことにおどろいた小原《おはら》は、しばらくその場《ば》でうごけなくなってしまった。
そして、気《き》づいたときには、火《ひ》の玉《たま》はすぐ目《め》の前《まえ》までせまってきていた。
「このやろう!」
あせった小原《おはら》は、反射的《はんしゃてき》にもっていたつりざおで、火《ひ》の玉《たま》をたたく。
手《て》ごたえはなかった。
しかし、火《ひ》の玉《たま》はふたつにわれて、そのままべしゃっと小原《おはら》の顔面《がんめん》にくっついた。

「ひゃっ！」

予想外《よそうがい》のできごとに、思《おも》わず悲鳴《ひめい》をあげる。

あつくはなかった。

ただ、顔面《がんめん》がべたべたして、ものすごくなまぐさいにおいがする。

（まさか血《ち》？）

あわててジャンパーのそでで顔《かお》をぬぐう。

ジャンパーについた液体《えきたい》をペンライトで照《て》らして見《み》てみると、血《ち》ではなさそうだ。もっと色《いろ》のうすい半透明《はんとうめい》の液体《えきたい》である。それに小原自身《おはらじしん》はどこにもケガをしていない。

どうやら火《ひ》の玉《たま》が、いつのまにか、べたべたした赤《あか》い液体《えきたい》にかわったようだ。

液体《えきたい》に顔《かお》をおおわれたせいで、目《め》に見《み》えるものぜんぶが、赤《あか》くそまっていた。タオルをとりだして顔《かお》をふいたが、すこしのあいだは視界《しかい》が赤《あか》いままだった。

(いまの火《ひ》の玉《たま》は、いったいなんだったんだ？)

くらやみと、しずかな波《なみ》の音《おと》と、なまぬるい潮風《しおかぜ》につつまれて、小原《おはら》はぼうぜんとたたずんだ。

民宿《みんしゅく》にもどった小原《おはら》は、主人《しゅじん》にさっきのできごとを話《はな》した。

「え？　見《み》たんですか？」

民宿《みんしゅく》の主人《しゅじん》は、日焼《ひや》けした顔《かお》におどろきの表情《ひょうじょう》をうかべていた。

「はい。はっきりと……。それで、あのー、あの火《ひ》の玉《たま》、なんだったんでしょうか？　もしかして、お寺《てら》の近《ちか》くで亡《な》くなった人《ひと》がいるんですか？」

小原《おはら》は、いまになっておじけづいていた。

いきおいで火《ひ》の玉《たま》をたたいてしまったが、もしもあれが死《し》んだ人間《にんげん》の魂《たましい》だったら、呪《のろ》いやたたりをうけるのではないだろうか。そんな心配《しんぱい》をしたのである。

しかし、小原《おはら》の不安《ふあん》をよそに、民宿《みんしゅく》の主人《しゅじん》は、わりとおちついたようすでこういった。

「それはきっと、クラゲの火《ひ》の玉《たま》ですよ」

思《おも》ってもみない答《こた》えだった。

「ク、クラゲって？　あの海《うみ》の生《い》き物《もの》の？」

「そう。あのクラゲです。このあたりじゃむかしから、クラゲが火《ひ》の玉《たま》になって、風《かぜ》にのってとぶっていう話《はなし》があるんですよ。いや、わたしも自分《じぶん》で見《み》たことはないんですけどね。死《し》んだじいさんが、見《み》たことあるっていってましたよ」

クラゲは漢字《かんじ》で「海月《クラゲ》」と書《か》くが、たしかにあの火《ひ》の玉《たま》は、まるで月《つき》のようにあかるかった。

いっしゅん、ロマンチックな気持《きも》ちになったが、顔《かお》やジャンパーからにおうなまぐささに、気分《きぶん》はだいなしになった。

「とりあえず、体《からだ》をあらってきます」

主人《しゅじん》に見《み》おくられ、小原《おはら》はふろ場《ば》へむかった。

金《きん》の火《ひ》

時海結以《ときうみゆい》

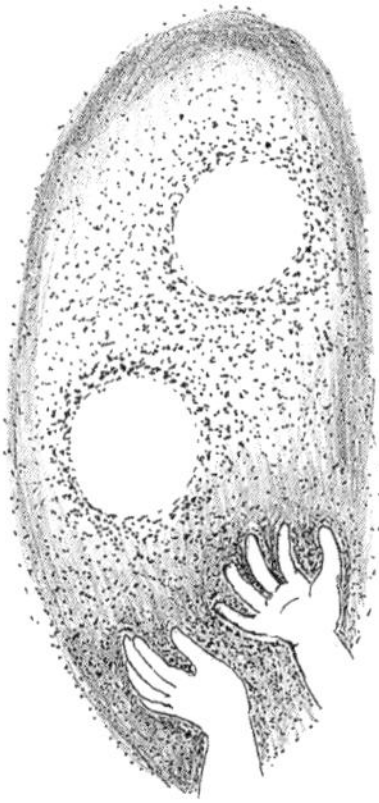

むかし、ある国《くに》の殿様《とのさま》のお屋敷《やしき》で、べつべつの村《むら》からやってきた女《おんな》の子《こ》がふたり、どうじにはたらくことになった。
年《とし》かっこうがそっくりなふたりを見《み》て、殿様《とのさま》が感心《かんしん》した。
「ほう、まるで姉妹《しまい》のようではないか。対《つい》になる名《な》をなのると、よいだろう」
そういうわけで、ひとりは金弥《きんや》、もうひとりは銀弥《ぎんや》、と、殿様《とのさま》から新《あたら》

しい名前《なまえ》をつけてもらった。

金弥《きんや》と銀弥《ぎんや》は大親友《だいしんゆう》になり、おなじ部屋《へや》でいっしょに寝起《ねお》きして、いっしょにごはんを食《た》べた。力《ちから》をあわせていっしょにはたらき、いつもおなじ着物《きもの》を着《き》て、おなじ髪型《かみがた》をした。

それから何年《なんねん》かがすぎた。

十六歳《さい》になった早春《そうしゅん》、金弥《きんや》がきゅうな病気《びょうき》になり、親《おや》もとへ帰《かえ》った。

金弥《きんや》がいなくて、ひとりぼっちの銀弥《ぎんや》はと

てもさびしかった。

「金弥《きんや》、はやく元気《げんき》になって、もどってこないかしら。あしたこそ、帰《かえ》ってきてくれるかしら」

銀弥《ぎんや》は毎日《まいにち》、そういっていた。

ふた月《つき》がたち、花《はな》ざかりの季節《きせつ》になった。

「金弥《きんや》といっしょに、お花《はな》を見《み》たいなあ。ひとりきりじゃさびしい……つまらない……」

銀弥《ぎんや》がつぶやいて、庭《にわ》の花《はな》をながめていると、いきなりうしろからぎゅっとだきつかれた。

「ただいま、銀弥《ぎんや》」

「金弥《きんや》！　よくなったのね」
「ええ。どうしても、またあなたといっしょにいたくて。ひとりぼっちは、とってもさびしくて、こわかった……」
「わたしもよ、金弥《きんや》。ああ、よかった」
「銀弥《ぎんや》、ずっといっしょよ。もう、あなたをひとりにしないわ」

それからの金弥《きんや》は、ますます銀弥《ぎんや》とべったり、たとえばお手《て》あらいへ行《い》くときでも、手《て》をつないでいっしょに行《い》きたがる。

「だって、二度《にど》と銀弥《ぎんや》とはなれない、ずっといっしょにいるって、約束《やくそく》したんだもの」

金弥《きんや》は、いつもそういって、銀弥《ぎんや》と手《て》をつないだり、着物《きもの》のそでをつかんでいたりする。

どんどん、べったりぐあいがひどくなり、銀弥《ぎんや》といっしょでないとなにもしない金弥《きんや》に、さすがにお屋敷《やしき》のものたちもあきれはじめた。使用《しよう》人《にん》のかしらが、ふたりをしかる。

「いいかげんに銀弥《ぎんや》からはなれなさい、金弥《きんや》。金弥《きんや》はこっちの部屋《へや》、銀弥《や》はあっちの部屋《へや》のそうじをするんだよ」

「でも、銀弥《ぎんや》とはなれられないの」

銀弥《ぎんや》にしがみつく金弥《きんや》を、銀弥《ぎんや》はかばった。

「金弥《きんや》は、病気《びょうき》のとき、きっと心細《こころぼそ》くて、こわかったんです。ふたりで力《ちから》をあわせて、がんばってそうじしますから、いっしょにいさせてください」


半年《はんとし》ほどたち、秋《あき》の終《お》わり、夜《よる》ねる前《まえ》に、金弥《きんや》が「お手《て》あらいへ行《い》きたい」と、銀弥《ぎんや》と手《て》をつないだ。そして金弥《きんや》は、あかりをもってお手《て》あらいへ入《はい》ったのだけれど、銀弥《ぎんや》がいくら待《ま》っても、ちっとも出《で》てこない。

「どうしたのかしら」

心配《しんぱい》になった銀弥《ぎんや》は外《そと》に出《で》て、窓《まど》からのぞこうとした。すると、ともし火《び》にしてはやけにあかるく、金色《きんいろ》にかがやく光《ひかり》がもれている。

なんだろう、と見《み》ると、金弥《きんや》が金色《きんいろ》にかがやく火《ひ》の玉《たま》をふたつ、お手玉《てだま》にして遊《あそ》んでいた。笑《わら》う顔《かお》はとてもおそろしくて、いつもの金弥《きんや》とは思《おも》えない。

銀弥《ぎんや》が思《おも》わず小《ちい》さな悲鳴《ひめい》をもらすと、金弥《きんや》と目《め》があった。

「銀弥《ぎんや》、あなた、見《み》たのね？」

おどすような声《こえ》を聞《き》いた銀弥《ぎんや》は、恐怖《きょうふ》のあまり、たおれてしまった。

殿様《とのさま》は、うなされてくるしんでいる銀弥《ぎんや》の家族《かぞく》を、お屋敷《やしき》によんだ。

目《め》をさまさない銀弥《ぎんや》の手《て》を、金弥《きんや》がにぎったまま、はなさない。

亡《な》き父母《ふぼ》にかわってかけつけた銀弥《ぎんや》の伯母《おば》は、妖怪《ようかい》を見《み》ることができる人《ひと》だった。

「金《きん》の火《ひ》の玉《たま》をふたつもっている……それは、ふたり分《ぶん》の魂《たましい》をおもちゃにしているということ。あなた……だれなんですか！」

伯母《おば》が金弥《きんや》にさけぶと、金弥《きんや》のすがたがふっときえた。銀弥《ぎんや》はもう、息《いき》をしていなかった。

伯母《おば》は青《あお》ざめ、こういった。

「やはり……。あれは妖怪《ようかい》が、金弥《きんや》という娘《むすめ》のすがたにばけていたのです。まず、金弥《きんや》の魂《たましい》をうばい、金弥《きんや》のすがたにばけてやってきて、この子《こ》の魂《たましい》もうばった。きっと金弥《きんや》は、とっくに死《し》んでいます。

この子《こ》が生《い》きていたのは、妖怪《ようかい》がずっとそばにいて、魂《たましい》のぬけた体《からだ》に息《いき》をさせていたからで……ほんとうは、妖怪《ようかい》に体《からだ》をさわられたとき、魂《たましい》をうばわれていたはず。

それが、妖怪《ようかい》がにげては、もう助《たす》からない……わたしが大声《おおごえ》を出《だ》さなければ、にがさず、魂《たましい》をとりもどせたかもしれなかったのに」

こんなにちがう火《ひ》のいいつたえ

ドキドキ通信《つうしん》

その1 火遊《ひあそ》び

人間世界《にんげんせかい》

火遊《ひあそ》びすると、おねしょをする。

妖怪世界《ようかいせかい》

火《ひ》の玉《たま》と遊《あそ》ぶと、おねしょをしなくなる。

2時《じ》間《かん》目《め》

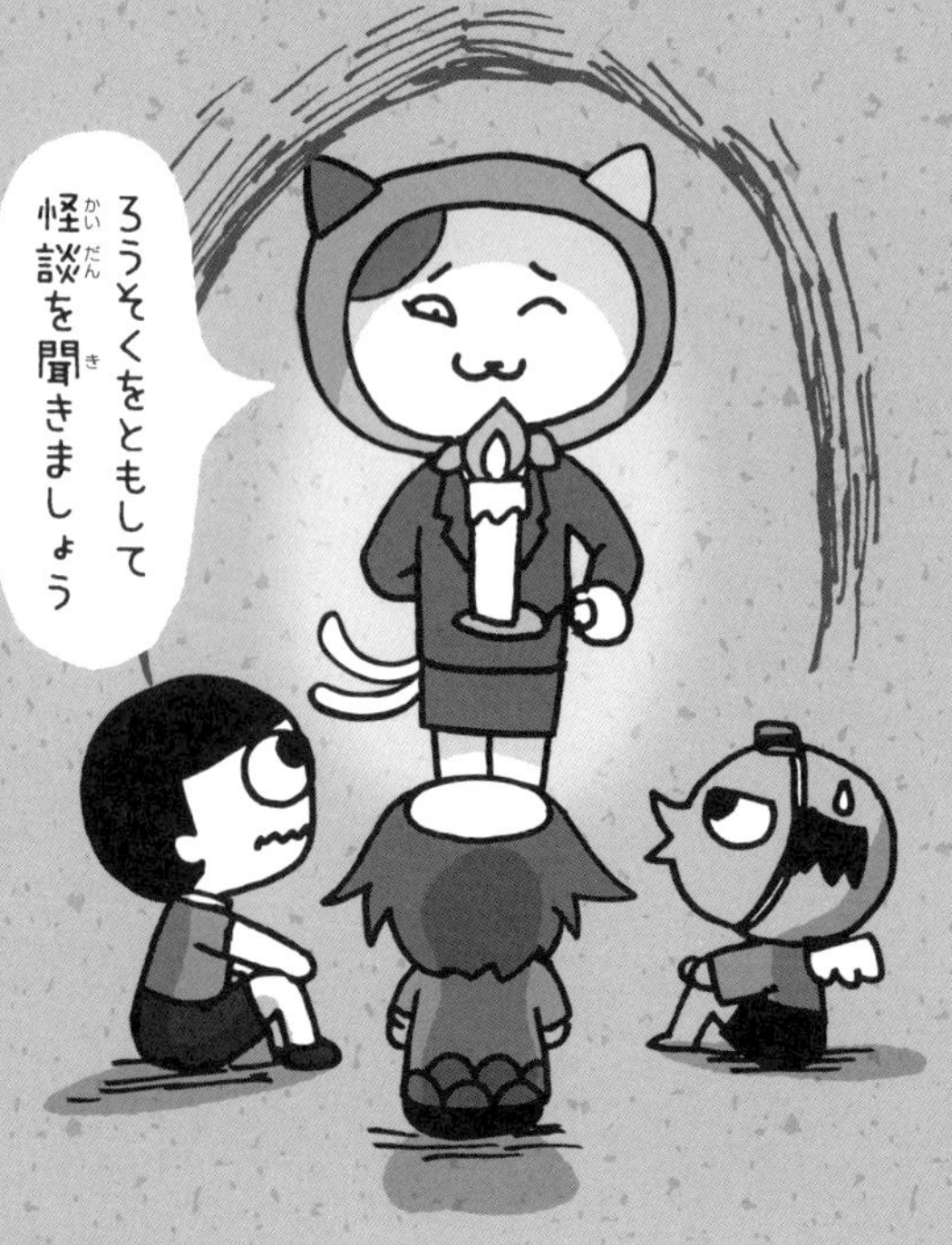
ろうそくをともして
怪談《かいだん》を聞《き》きましょう

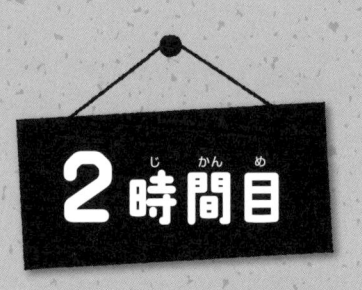

ろうそくの列《れつ》

小沢清子《おざわきよこ》

　A《エー》市《し》にある潮見町《しおみまち》は、前《まえ》は海《うみ》、うしろは山《やま》にはさまれた、海岸《かいがん》ぞいの港町《みなとまち》だ。

　町《まち》のうしろにつらなる山《やま》を、すこしのぼったところに、智徳寺《ちとくじ》という寺《てら》がある。

　むかって右《みぎ》ののぼり口《ぐち》から、左《ひだり》へ山道《さんどう》をたどると、石段《いしだん》になる。その石段《いしだん》をのぼりきると、智徳寺《ちとくじ》の境内《けいだい》になった。

ある年《とし》の三月《がつ》、ちょうど彼岸《ひがん》に入《はい》った日《ひ》のことだった。真夜中《まよなか》の二時《じ》に、とつぜん町中《まちじゅう》の犬《いぬ》が、けたたましくほえだした。

異様《いよう》ななきように、飼《か》い主《ぬし》たちは犬《いぬ》をしかりながら、なにごとかと外《そと》へ出《で》てみた。犬《いぬ》は山《やま》にむかってほえている。

見《み》ると、智徳寺《ちとくじ》へつづく山道《さんどう》を、火《ひ》のついたろうそくを一本《ぽん》ずつもった人《ひと》の列《れつ》が、ゾロ、ゾロ、ゾロゾロッとのぼっていた。まばらに生《は》えている木《き》のあいだをぬって、ゆっくりと、とぎれたりつづいたりしていく。

それは人《ひと》の列《れつ》というより、ろうそくの列《れつ》のように見《み》えた。ろうそくの炎《ほのお》が高《たか》かったり低《ひく》かったりしてうごいていくから、大人《おとな》の男《おとこ》も、女《おんな》も子《こ》どももいるのだろう。見《み》ていた人《ひと》たちはささやきあった。

「この時間《じかん》だもの、寺《てら》のあつまりじゃあないだろう。なんの行列《ぎょうれつ》かね、いやに犬《いぬ》がほえるねえ」

ろうそくの列《れつ》は、十五分《ふん》もつづいたろうか、やがて境内《けいだい》のやみの中《なか》へ、とけるようにきえた。

ところがつぎの日《ひ》、またおなじ時間《じかん》に犬《いぬ》がさわぎだし、ろうそくの列《れつ》がゾロゾロと、智徳寺《ちとくじ》の境内《けいだい》へ入《はい》っていく。行列《ぎょうれつ》は智徳寺《ちとくじ》だけではなかった。潮見町《しおみまち》には、お寺《てら》が智徳寺《ちとくじ》のほかに、もうひとつ正覚寺《しょうかくじ》というのがある。その正覚寺《しょうかくじ》でも、真夜中《まよなか》に、ろうそくの列《れつ》が入《はい》っていくのを、見《み》た人《ひと》がいた。

行列《ぎょうれつ》はふたつの寺《てら》で、三日間《みっかかん》もつづいた。町《まち》の人《ひと》たちは、彼岸中《ひがんちゅう》だったので、墓参《はかまい》りのとき、それぞれの寺《てら》で行列《ぎょうれつ》のことを聞《き》いてみた。するとふたつの寺《てら》で、なんのあつまりもなかったし、たずねてきた人《ひと》もいないということだった。

彼岸《ひがん》に入《はい》って、四日目《よっかめ》の中日《ちゅうにち》になった。

その日《ひ》は朝《あさ》から、ジボジボと雨《あめ》がふる、さむい日《ひ》だった。そのためふだんは歩《ある》いて山《やま》をこし、ほかの町《まち》へ行《い》く人《ひと》たちも、歩《ある》かずに港《みなと》から船《ふね》にのった。米《こめ》をせおって売《う》りあるく人《ひと》、野菜《やさい》や魚《さかな》や、花《はな》を売《う》る人《ひと》たちだ。

彼岸休《ひがんやす》みで、里帰《さとがえ》りの人《ひと》や、買《か》い物《もの》に行《い》く人《ひと》も船《ふね》にのった。そこで船《ふね》の乗客《じょうきゃく》は、いつもより多《おお》くなった。五十人《にん》のりの船《ふね》に、五倍《ばい》の二百五十人《にん》もの人《ひと》がのっていた。

ちょうど引き潮《しお》で、船《ふね》は港《みなと》の底《そこ》にある岩《いわ》の上《うえ》で、満《み》ち潮《しお》を待《ま》っていた。満《み》ち潮《しお》で水位《すいい》があがれば、船《ふね》も浮《う》かびあがるようになっていた。定員《ていいん》の五倍《ばい》も客《きゃく》をのせて、不安定《ふあんてい》になっていた船《ふね》は、もやい綱《づな》（船《ふね》をつなぎとめるための綱《つな》）で、岸《きし》のコンクリートに出《で》ている金具《かなぐ》に、しっかりとつないであった。

ところが新米《しんまい》の船員《せんいん》が、満《み》ち潮《しお》になる前《まえ》に、そろそろ満《み》ち潮《しお》になるだろうと、もやい綱《づな》をはずしてしまった。

とたんに船《ふね》は、ガクンと、沖《おき》のほうへかたむいた。

そのはずみに、不意《ふい》をくらった乗客《じょうきゃく》がよろけて、何人《なんにん》かがこぼれるように、海《うみ》へおちた。

わあ〜っ。
乗客《じょうきゃく》はわれ先《さき》に、沖《おき》とは反対《はんたい》の岸壁側《がんぺきがわ》へにげた。すると一度《いちど》に移動《いどう》した乗客《じょうきゃく》の重《おも》みで、船《ふね》は岸壁側《がんぺきがわ》へ、ガクンとかたむいた。また岸《がん》壁側《ぺきがわ》の乗客《じょうきゃく》が、海《うみ》へポロポロとおちた。
そうやって、船《ふね》がグラグラしているうちに、舳先《へさき》（船《ふね》の前方《ぜんぽう》）から水《みず》が入《はい》ってきた。船《ふね》は舳先《へさき》から海《うみ》へ、ななめにつきささるように、しずみはじめた。
乗客《じょうきゃく》は先《さき》をあらそって、船《ふね》の後方《こうほう》へにげた。

重《おも》い米《こめ》をせおった人《ひと》は、米《こめ》をおろすひまもなく、ブクブクとしずんでいく。赤《あか》んぼうをだいた母親《ははおや》も、船《ふね》のうしろへにげたが、水《みず》が首《くび》まであがってきた。そこで赤《あか》んぼうを頭《あたま》の上《うえ》にもちあげて、くるったようにさけんでいた。

「だれか、だれか、この子《こ》だけでも助《たす》けてーっ」

岸壁側《がんぺきがわ》の海《うみ》におちた人《ひと》は、なんとかして岸壁《がんぺき》にとりついて、はいあがろうとするが、岸壁《がんぺき》はこけですべるし、つかむところがない。コンクリートのかべにつめを立《た》ててはひっかいて、指先《ゆびさき》から血《ち》をにじませながら、しずんでいった。

三月《がつ》の海水《かいすい》は、まだつめたい。雨《あめ》もふっている。およげる人《ひと》たちも、救助艇《きゅうじょてい》に助《たす》けられる前《まえ》に、さむさとつかれでおぼれていった。なかには助《たす》けられても、病院《びょういん》へ運《はこ》ばれてから、亡《な》くなった人《ひと》もいた。この事故《じこ》で、助《たす》かった人《ひと》はわずか五十人《にん》で、二百人《にん》の人《ひと》が犠牲《ぎせい》になった。

小《ちい》さな町《まち》で、葬式《そうしき》が朝《あさ》から晩《ばん》まで、何日《なんにち》もつづいたという。

ふしぎなことに、この事故《じこ》のおきた彼岸《ひがん》の中日《ちゅうにち》から、ろうそくをもった真夜中《まよなか》の行列《ぎょうれつ》は、ピタリとやんだ。町《まち》の人《ひと》たちは、

「あのろうそくをもった行列《ぎょうれつ》は、いま思《おも》えば、海《うみ》で亡《な》くなった人《ひと》たちの、霊魂《れいこん》だったんだよ。亡《な》くなった人《ひと》たちの魂《たましい》が、亡《な》くなる何日《なんにち》も前《まえ》にぬけだして、先《さき》にお寺《てら》へ行《い》ったんだよ。だって亡《な》くなった人《ひと》たちは、みん

な智徳寺《ちとくじ》か、正覚寺《しょうかくじ》の檀家《だんか》の人《ひと》たちだもの」

「じゃあ、犬《いぬ》があんなにほえたのは、犬《いぬ》には、霊魂《れいこん》や亡《な》くなった人《ひと》のすがたが見《み》えたんだね。それを犬目《いぬめ》っていうんだよ」

と、うわさしあったそうだ。

死人《しにん》の手《て》のろうそく立《た》て

岩倉千春《いわくらちはる》

むかし、イギリスの荒《あ》れ地《ち》の真《ま》ん中《なか》に、ぽつんと一けんだけ立《た》っている宿屋《やどや》があった。ある夜《よる》、ひとりの女《おんな》がやってきた。

「今夜《こんや》ひと晩《ばん》とまりたいのですが。あすは朝《あさ》はやく、くらいうちに出《で》かけます。ほんのひと口《くち》でいいので、朝《あさ》ごはんを用意《ようい》してもらえますか。それだけあれば、あとはなにもいりません。出《で》かけるまでずっとおきていますから、食堂《しょくどう》の暖炉《だんろ》のそばにでもいさせてください」

その晩《ばん》は、ほかにお客《きゃく》がいなかったので、宿屋《やどや》の主人《しゅじん》とおくさんも、宿《やど》ではたらく使用《しよう》人《にん》たちも、もうねる用意《ようい》をしていた。

「もちろん、いいですとも」

お客《きゃく》にそうこたえて、主人《しゅじん》は使用人《しようにん》のジェーンに声《こえ》をかけた。

「ジェーン、朝《あさ》ごはんの用意《ようい》をたのんでいいかい？　おまえが、お客《きゃく》さんのお見《み》おくりをしておくれ」

「はい、わかりました」

主人《しゅじん》は二階《かい》の部屋《へや》へ行《い》ってねてしまった。ジェーンは食堂《しょくどう》のテーブルに、パンとチーズをのせた皿《さら》と、ミルクを入《い》れた水差《みずさ》しをおくと、ひとねむりしようと思《おも》って、暖炉《だんろ》のそばのソファーに横《よこ》になった。

そして、なにげなく、反対側《はんたいがわ》のいすにすわっているお客《きゃく》を見《み》ると、長《なが》いスカートのすその下《した》に、ズボンが見《み》えた。

(あのお客《きゃく》さん、ほんとは男《おとこ》なんだ。女《おんな》のふりをしているなんて、なにか悪《わる》いことをたくらんでるんじゃないかしら)

ジェーンはびっくりして、ねむけもふきとんでしまったが、そんなようすは見《み》せずに、目《め》をとじてねむったふりをした。

すると、客《きゃく》は立《た》ちあがって、ポケットから茶色《ちゃいろ》くひからびた死人《しにん》の手《て》

をとりだした。そして、その手《て》にろうそくをさしこんで火《ひ》をともし、そ
れをジェーンの顔《かお》の前《まえ》で何度《なんど》か左右《さゆう》にうごかしながら、こんな言葉《ことば》をと
なえた。
「ねむっているものは、ねむっているままに。おきているものは、おき
ているままに」

それがすむと、男《おとこ》は手《て》のろうそく立《た》てをテーブルの上《うえ》において、げんかんのとびらをあけて外《そと》へ出《で》て、するどく口笛《くちぶえ》をふいた。

(たいへん！　仲間《なかま》をよんでるんだ)

ジェーンは、がばっとおきあがり、いそいでげんかんのとびらをしめて、かぎをかけた。それから二階《かい》へかけあがって、主人夫婦《しゅじんふうふ》の部屋《へや》の戸《と》をドンドンとたたいた。

「だんなさま、おくさま、おきてください！」

返事《へんじ》がないので、ジェーンは中《なか》に入《はい》ってふたりをゆさぶった。

「たいへんです！　おきて、おきて！」

ところがいくら大声《おおごえ》を出《だ》しても、肩《かた》をつかんでゆさぶっても、ふたりともちっとも目《め》をさまさない。

ほかの使用人《しようにん》たちをおこそうとしても、おなじことだった。みんな死《し》んだようにねむったままで、だれひとり目《め》をさまさなかった。

(あのへんなろうそく立《た》てと呪文《じゅもん》のせいだわ)

外《そと》では、男《おとこ》の仲間《なかま》があつまってきたらしく、あらっぽい声《こえ》でなにやら話《はな》しているのが聞《き》こえる。

ジェーンは食堂《しょくどう》へかけおりていった。テーブルの上《うえ》のろうそくを何度《なんど》もふきけそうとしたが、火《ひ》はきえないどころか、ゆらぎもしない。

あたりを見《み》まわして、とっさにジェーンは朝食用《ちょうしょくよう》のミルクをろうそくにぶちまけた。ろうそくの火《ひ》がきえた。ジェーンはまた、さけびながら

二階《かい》へ走《はし》っていった。

「みんな、はやくおきて！」

今度《こんど》は全員《ぜんいん》がすぐに目《め》をさました。

主人《しゅじん》は銃《じゅう》をもちだしてきて、窓《まど》をあけると男《おとこ》たちにむかって、こういった。

「おまえたち、なにがのぞみだ」

「まじないがやぶられてしまったな。なにもいらないから、ろうそく立《た》てだけかえしてくれ。あれさえかえしてもらえれば、なにもしない」

ジェーンがいそいで主人《しゅじん》に手《て》のろうそく立《た》てのことを話《はな》すと、主人《しゅじん》は男《おとこ》たちにこたえた。

「だめだ。かえしたら、またおなじことをするだろう」

そして、外《そと》にむかって、バン、と一発《ぱつ》、銃《じゅう》をうった。

「さあ、おとなしく帰《かえ》らないと、ほんとうにうつぞ」

「しかたない。おい、みんな、ひきあげよう」

そういって、男《おとこ》たちはどこかへさっていった。

休《やす》み時間《じかん》

こんなにちがう火《ひ》のいいつたえ ドキドキ通信《つうしん》

その2 色《いろ》

人間《にん》《げん》世界《せ》《かい》 火《ひ》が青《あお》く燃《も》えると、近《ちか》くに霊《れい》がいる。

妖《よう》怪《かい》世《せ》界《かい》

火《ひ》が青《あお》く燃《も》えると、近《ちか》くに人間《にんげん》がいる。

3時間目《じかんめ》

運《うん》だめしに出《で》た男《おとこ》

紺野愛子《こんのあいこ》

ブラジルの片田舎《かたいなか》に、セルジオという、とてもびんぼうな農夫《のうふ》がいた。

びんぼうにいやけがさし、こうなったらどこかに行《い》って運《うん》だめしをしよう、と旅《たび》に出《で》た。

セルジオがほこりっぽい道《みち》を歩《ある》いていたら、女《おんな》が声《こえ》をかけた。

「あんた、なにをしてるんだい？」

女《おんな》はマントを着《き》て、鎌《かま》を背中《せなか》にせおっている。へんな人《ひと》だなと思《おも》いな

がらセルジオはこたえた。

「べつになにも。ただ、いまよりちょっといい生活《せいかつ》がしたいと思《おも》って、家《いえ》を出《で》てきたんだ」

「それなら、あたしがいいことを教《おし》えてやるよ。ただ、欲《よく》ばりには教《おし》えてやれないけどね」

「おれはただ、ふつうのくらしがしたいだけさ」

「それならいい。まず、病人《びょうにん》をさがしな。その病人《びょうにん》の足《あし》もとにあたしがいたら、『わたしが治《なお》してあげましょう』といって、この薬《くすり》をあげるんだ」

女《おんな》は粉《こな》が入《はい》った小《ちい》さなガラスびんを出《だ》した。

「なんでも治《なお》す魔法《まほう》の薬《くすり》なのか？」

「まさか。ただの木《き》の根《ね》を粉《こな》にしたもんさ。あたしが足《あし》もとにいれば、ほっといても治《なお》るんだよ。病人《びょうにん》が治《なお》れば、薬代《くすりだい》がもらえるよ。ただし、あたしがまくらもとにいたら、なにをしても助《たす》からないからね」

「あんた、いったいなにものだい？」

とセルジオが聞《き》くと、女《おんな》が笑《わら》った。

「このかっこうでわからないかい？　あたしは死神《しにがみ》だよ。あたしのすがたはあんたにしか見《み》えないからね」

セルジオは女《おんな》とわかれて旅《たび》をつづけた。ある村《むら》で食事《しょくじ》をしていたら、

その食堂《しょくどう》のおかみさんが、ずっとぐあいが悪《わる》いと知《し》った。セルジオは店主《てんしゅ》にもうしでた。

「あのう、おれにみさせてください」

ボロを着《き》たセルジオを見《み》て、店主《てんしゅ》はまゆをひそめたが、こまっていたので、セルジオをおかみさんの寝室《しんしつ》に入《い》れてくれた。

熱《ねっ》でふうふういっているおかみさんの足《あし》もとに、あの女《おんな》がいた。セルジオはガラスびんの粉《こな》をすこし出《だ》して、紙《かみ》につつんだ。

「これをのませてください。じきによくなるでしょう」

翌日《よくじつ》、おかみさんの熱《ねつ》はさがり、ぐあいがよくなった。

「ありがとうございます！　これはほんのお礼《れい》です」

店主《てんしゅ》がくれた小《ちい》さな布《ぬの》ぶくろには、銀貨《ぎんか》がぎっしり入《はい》っていた。

病《やまい》を治《なお》すセルジオのうわさは広《ひろ》がり、ひっぱりだこになった。セルジオは女《おんな》との約束《やくそく》をまもり、女《おんな》がまくらもとにいたら、「ざんねんですが、手《て》のほどこしようがありません」とつげ、薬《くすり》をあたえなかった。もう、びんぼうなセルジオではなく、ちゃんとした服装《ふくそう》をして食事《しょくじ》もじゅうぶんにとれた。

そんなある日《ひ》、セルジオは大《おお》きな農園《のうえん》の持《も》ち主《ぬし》にまねかれた。そこの娘《むすめ》が重病《じゅうびょう》なのだ。娘《むすめ》は真《ま》っ青《さお》な顔《かお》をして、あらく息《いき》をしている。そして、まくらもとにはあの女《おんな》がいた。

(これはダメだな)

とセルジオはため息《いき》をついた。

すると、農園主《のうえんしゅ》が金貨《きんか》のふくろをさしだした。

「おねがいです! 助《たす》けてくださったら、お礼《れい》はいくらでもいたします」

大金《たいきん》を見《み》て、セルジオに欲《よく》が出《で》た。

(そうだ、いい考《かんが》えがあるぞ)

セルジオは使用人《しようにん》ふたりをよんで、そっと耳《みみ》うちした。

「ベッドの両《りょう》はしに行《い》ってください。そしておれが声《こえ》をかけたら、ベッドをぐるりとまわしてください」

ふたりは、セルジオの「それっ」という合《あい》図《ず》でベッドをまわした。いまや女《おんな》は娘《むすめ》の足《あし》もとにいて、じっとセルジオを見《み》つめていた。

数日《すうじつ》して、娘《むすめ》はよくなった。大金《たいきん》を手《て》にしてセルジオがほくほくと歩《ある》いていたら、あの女《おんな》があらわれた。

「欲《よく》をかくなといったはずだよ」

女《おんな》がマントをひるがえすと、ふたりはくらいどうくつの中《なか》にいた。そこにはたくさんのろうそくがともっている。よく見《み》ると、長《なが》いのも短《みじか》いのもある。

「命《いのち》のろうそくさ。あの農園主《のうえんしゅ》の娘《むすめ》のろうそくはあれだよ」

そこにはもうとけて、きえかかった短《みじか》いろうそくがあった。

「そしてこれがあんたのさ」

セルジオのろうそくはまだまだ長《なが》くてかがやいている。

「ところが、あんたはあのとき、娘《むすめ》の運命《うんめい》をかえてしまった。だから、お前《まえ》のろうそくをあの娘《むすめ》にあげて、かわりにあんたが死《し》ななきゃいけない」

「そ、そんな、やめてくれ！」

セルジオはさけんだが、女《おんな》が鎌《かま》をひとふりすると、ろうそくは入《い》れかわり、短《みじか》いろうそくがふっときえ、セルジオはばったりたおれて死《し》んだ。

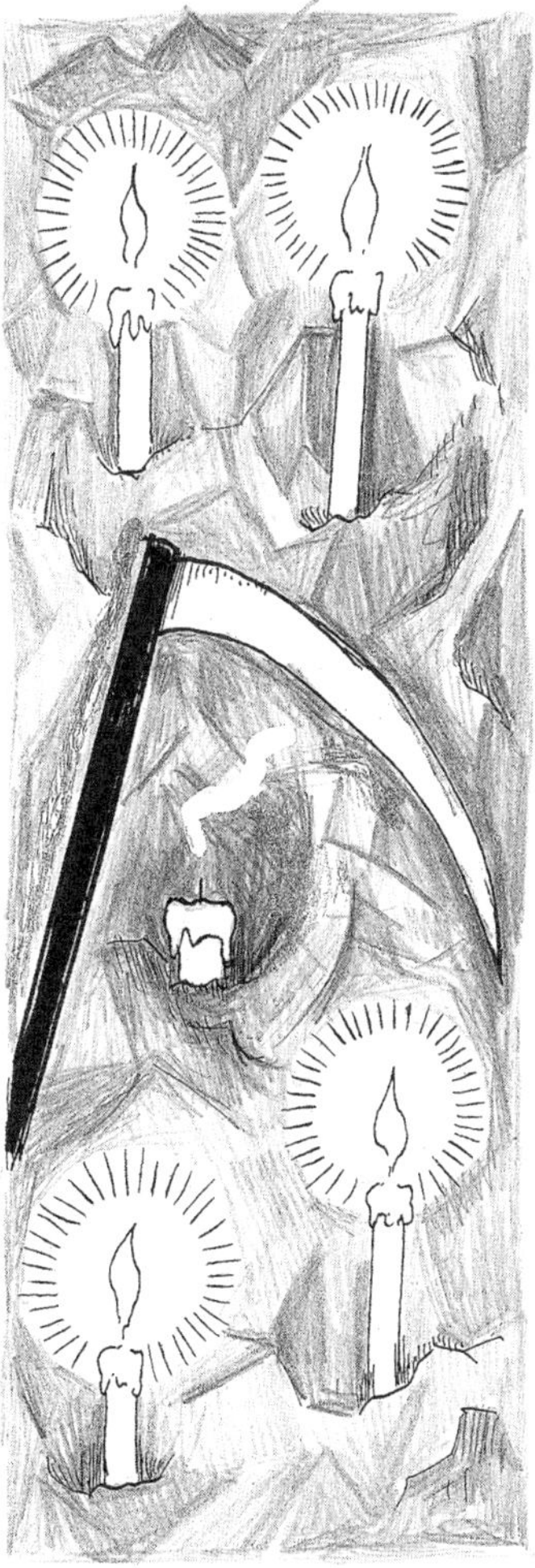

赤《あか》い炎《ほのお》

斎藤君子《さいとうきみこ》

ロシアの首都《しゅと》モスクワの町《まち》はずれに広《ひろ》い森《もり》が広《ひろ》がっている。「おとめの森《もり》」とよばれている森《もり》だ。名前《なまえ》は「おとめの森《もり》」だったが、むかしはこのあたりはこわい場所《ばしょ》だった。盗賊《とうぞく》どもがかくれ住《す》んでいて、モスクワにやってくる旅人《たびびと》たちから金銀財宝《きんぎんざいほう》をうばいとっては、森《もり》のおくふかくにうめて、かくしていた。

なんでも人《ひと》のうわさでは、夜中《よなか》にモスクワの町《まち》からこの森《もり》のほうをな

がめると、赤《あか》い炎《ほのお》がチロ、チロとゆれうごくのが見《み》えるそうだ。土《つち》の中《なか》にうまっている黄金《おうごん》が自分《じぶん》のありかを人《ひと》びとにしらせて、「くらい土《つち》の中《なか》からほりだしてくれ、日《ひ》のあたるところに出《だ》してくれ」と、つたえようとしているのだという。

そんなわけで、この森《もり》の近《ちか》くに住《す》んでいる人《ひと》たちは男《おとこ》も女《おんな》もきそいあって、盗賊《とうぞく》たちがうめた黄金《おうごん》をほりあてようとしたが、いまだにだれひとり、黄金《おうごん》を手《て》にしたものはいない。

ある晩《ばん》、こんなことがあった。モスクワの町《まち》に住《す》む、ひとりの男《おとこ》が「おとめの森《もり》」でチロ、チロとゆれうごく赤《あか》い炎《ほのお》を見《み》て、すぐさまスコップをつかみ、森《もり》へとんでいった。そして男《おとこ》は土《つち》をほって、ほって、ほりまくり、夜明《よあ》け近《ちか》くになってやっと、土《つち》の中《なか》ふかくにうめられていた金貨《きんか》を見《み》つけた。

男《おとこ》は土《つち》の中《なか》の金貨《きんか》を一まい一まい、ていねいにほりだした。そして最《さい》後《ご》の一まいを手《て》にしたそのときだ！　ふいに土《つち》の中《なか》から長《なが》い外套《がいとう》を着《き》た兵士《へいし》がピョーンととびだしてきた。

「ヒャー！」

男《おとこ》はとつぜんのできごとにびっくりぎょうてん、腰《こし》をぬかしてその場《ば》

にくずれるようにへたりこんだ。

そのあと、男《おとこ》がおそるおそる顔《かお》をあげて兵士《へいし》を見《み》あげると、兵士《へいし》は、人間《にんげん》の頭《あたま》ほどもある大《おお》きな金《きん》のかたまりを両手《りょうて》でだきかかえていた。兵《へい》士《し》は男《おとこ》と目《め》があうと、地面《じめん》にへたりこんでいる男《おとこ》の目《め》の前《まえ》に、その金塊《きんかい》をドスンとおいた。不意《ふい》をつかれた男《おとこ》はポカンとしたまま、しばらくのあいだ身動《みうご》きできずにいたが、われにかえるやいなや、もちまえの欲《よく》が出《で》た。ふるえる手《て》を前《まえ》につきだして、その金塊《きんかい》にだきついた。ところが金塊《きんかい》はずっしりと重《おも》く、この男《おとこ》の力《ちから》ではびくともしなかった。

そのときだ。兵士《へいし》が男《おとこ》にむかい、

「それだけあれば、じゅうぶんか？」

と聞《き》いた。

男《おとこ》はちょっと考《かんが》えて、せっかく苦労《くろう》してつかんだ運《うん》をここでにがしてなるものかと思《おも》い、こんどこそとばかり大声《おおごえ》でさけんだ。

「いや、いや、もっと、もっとくれ！」

兵士《へいし》はそれを聞《き》くと、「フー！」と、ひとつ大《おお》きなため息《いき》をついて、こうつぶやいた。

「やれ、やれ、おれはこれまで三十年《ねん》ものあいだ、土《つち》の中《なか》で身動《みうご》きひとつせず、じっとこの金《きん》塊《かい》をまもってきた。その金塊《きんかい》を今日《きょう》、おまえがこうしてほりあてたおかげで、おれはやっと外《そと》に出《で》ることができた。これでおれは自由《じゆう》の身《み》になれると思《おも》ったのに、おまえがとんだ欲《よく》をかいたばかりに、またしても土《つち》の中《なか》へ逆《ぎゃく》もどりとは……」

そうつぶやいたとたん、兵士《へいし》のすがたはきえた。

それとどうじに、男《おとこ》が自分《じぶん》でほりあてた金貨《きんか》も、兵士《へいし》からもらった金《きん》塊《かい》も、そっくりまるごと、あとかたもなくきえうせた。まるで地面《じめん》にすいこまれたかのように……。

こんなにちがう火《ひ》のいいつたえ

休《やす》み時《じ》

ドキドキ通信《つうしん》

その3 前兆《ぜんちょう》

人間世界《にんげんせかい》 ニワトリが夜中《よなか》になくと、火事《かじ》がおこる前兆《ぜんちょう》。

妖怪世界《ようかいせかい》 吸血《きゅうけつ》コウモリが昼間《ひるま》に笑《わら》うと、火事《かじ》がおこる前兆《ぜんちょう》。

4時《じ》間《かん》目《め》

炎《ほのお》のむち

新倉朗子《にいくらあきこ》

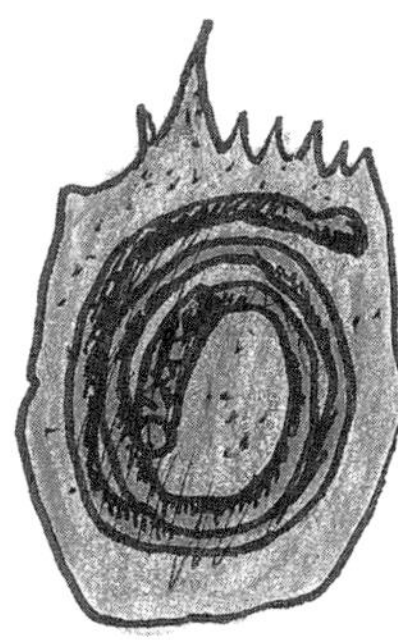

むかし、まずしい男《おとこ》がいて、すこしばかりの畑《はたけ》をたがやしてくらしを立《た》てていた。その畑《はたけ》も、食《く》うにこまった男《おとこ》を見《み》かねた村長《そんちょう》が貸《か》してくれた土地《とち》だった。

ところがやさしい村長《そんちょう》が亡《な》くなると、そのかみさんがいばりだして、なにかにつけて文句《もんく》をいうようになった。かみさんはペリーヌという名《な》前《まえ》で、たいへんなけちんぼでしられていた。そのケチぶりときたら、自《じ》

分《ぶん》の畑《はたけ》のまわりに植《う》えた木《き》の葉《は》っぱの数《かず》さえ、一まいのこらずかぞえているとさえいわれていた。

ペリーヌが畑《はたけ》のまわりにずらりと植《う》えた木《き》の中《なか》に、半分《はんぶん》ほどくさったナラの木《き》があった。

あるとき大風《おおかぜ》がふいて、そのくさったナラの木《き》がなぎたおされた。それを見《み》た男《おとこ》は、そんな売《う》り物《もの》にもならない木《き》はじゃまだからかたづけようと思《おも》い、きって薪《まき》にした。

それをしったペリーヌは、他人《たにん》の土地《とち》の木《き》をかってにきって自分《じぶん》のものにしたといって、かんかんにおこった。そして男《おとこ》にべんしょうしろといって、裁判《さいばん》にうったえた。裁判《さいばん》はたいてい金《かね》持《も》ちが勝《か》つようになっているから、男《おとこ》は、一生《いっしょう》かかってもはらいきれないほどの大金《たいきん》をしはらうようにめいじられた。

がっくりして家《いえ》にもどった男《おとこ》に、すこしでも元気《げんき》づけようとして女房《にょうぼう》がいった。

「そんなにしょげないでおくれ。あたしがこれから地主《じぬし》のところへ行《い》って、かけあってみるよ。そんな大金《たいきん》、おいそれとはらえるわけないからね。いくらがんこな女《おんな》だって、たのみこめば支払《しはら》いの期限《きげん》くらいのばしてくれるかもしれないだろ」

「好《す》きにするがいいさ」

と男《おとこ》はいった。

「だが、あの女《おんな》の気持《きも》ちをうごかそうなんて、土台《どだい》むりな話《はなし》だよ。せいぜい泣《な》いて帰《かえ》ってくるのが関《せき》の山《やま》だ」

しばらくしてもどってきた女房《にょうぼう》は、ぺたりとすわりこむと、顔《かお》をおおって泣《な》きくずれた。

ひとしきり泣《な》きじゃくったあと、やっと女房《にょうぼう》はとぎれとぎれにこういった。

「聞《き》いておくれよ。さんざんたのみこんだのに、あ〜あ、あの女《おんな》ときたら、なんと、さしおさえするというじゃないか」

「どうせそんなことだろうと思《おも》ったよ」

男《おとこ》はそうこたえただけだった。

その晩《ばん》はふたりともまんじりともできなかった。

ふたりは、いままでだいじに飼《か》っていた馬《うま》や牛《うし》や豚《ぶた》のこと、つつましいながら思《おも》い出《で》のこもった家具《かぐ》のことなどを考《かんが》えていた。それらがぜんぶさしおさえられて、競売《きょうばい》にかけられるとは。

翌朝《よくあさ》、さっそく役人《やくにん》がやってきて、さしおさえの札《ふだ》をはっていった。

つぎの日曜日《にちようび》に競売《きょうばい》がおこなわれた。まさかやってはこないだろうと思《おも》ったあの女《おんな》が、平気《へいき》な顔《かお》をしてその場《ば》にあらわれた。

そして一番前《いちばんまえ》の席《せき》にじんどると、だれもほしがらないものまで、かたはしから二束三文《にそくさんもん》の安値《やすね》で買《か》いたたいた。

とうとう競売《きょうばい》にかけるものがなにもなくなって、もうおひらきにしようとなったとき、ペリーヌが、

「待《ま》った、あそこにむちがある」

と、かべにかけてあった荷車用《にぐるまよう》のむちを指《ゆび》さした。

それまでだまって見《み》ていた男《おとこ》が口《くち》をひらいた。

「あんなもん、あんた以外《いがい》のだれがほしがるかね。もっていくがいい。あんたにとって、この世《よ》でおかした罪《つみ》ほろぼしの道具《どうぐ》になるように！」

するとペリーヌは、はじしらずにもむちを手《て》にとって、

「こんなもんでもないよりましだわ」

といった。

その晩《ばん》、男《おとこ》は女房《にょうぼう》にむかっていった。

「とうとうなにもかもうしなってしまったなあ。でもあのむちが、きっとわしらにかわって仕返《しかえ》ししてくれるだろうよ」

その日《ひ》から、ペリーヌはひとときも心《こころ》の休《やす》まることがなくなった。夜《よる》になると体中《からだじゅう》がするどい痛《いた》みではねおきる。まるで燃《も》える革《かわ》のひもで全身《ぜんしん》をめった打《う》ちされるような痛《いた》みだった。それはもう気《き》がくるうほどの痛《いた》みだった。のろわれたむちを火《ひ》にくべれば終《お》わるかと、そうしてみたが前《まえ》よりもっとくるしくなっただけだった。

とうとうひと月《つき》もたたないうちにペリーヌは死《し》んでしまった。遺体《いたい》が埋葬《まいそう》されたその日《ひ》の晩《ばん》、すさまじいさけび声《ごえ》をあげて走《はし》りまわる女《おんな》のせいで、人《ひと》びとはねむりをさまたげられた。

なにごとがおこったかと、みんなおきあがって見《み》にいった。走《はし》っていたのは死《し》んだ女《おんな》だった。ぞっとするようなわめき声《ごえ》をあげながら、家《いえ》のまわりをかけまわっていた。火《ひ》のついたむちが首《くび》にからまり、女《おんな》はそれ

からにげようと走《はし》りまわっているのだった。

「このむちをとっておくれ、このむちをとっておくれ」

と、聞《き》くものの胸《むね》をひきさくようなさけび声《ごえ》をあげて。

死《し》んだ女《おんな》の体《からだ》は焼《や》けこげていた。だれひとり女《おんな》に近《ちか》づこうとするものはいなかった。

それから毎晩《まいばん》、夜《よる》になると女《おんな》は家《いえ》にもどってきて、さけびながら走《はし》りまわった。それは新月《しんげつ》になるまでつづいた。新月《しんげつ》の晩《ばん》、人《ひと》びとは女《おんな》が井《い》戸《ど》にとびこむのを見《み》た。その後《ご》ずっと井《い》戸《ど》の水《みず》はきなくさい味《あじ》がしたという。

きえた火種《ひだね》

常光《つねみつ》　徹《とおる》

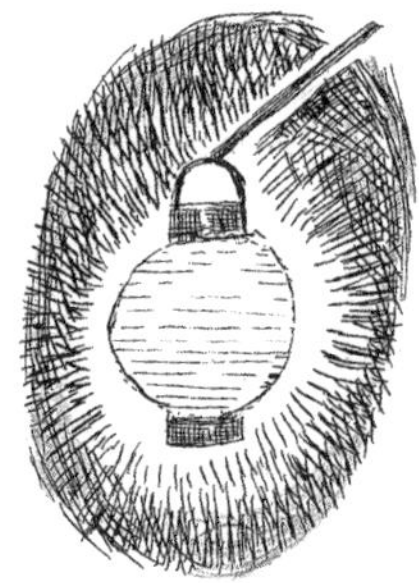

むかし、あったと。
ある家《いえ》に嫁《よめ》がきた。はたらきもので、だれよりもはやくおきて、くるくるとうごきまわった。
この家《いえ》では、一年中《いちねんじゅう》、火種《ひだね》をきらすことがなかった。毎晩《まいばん》、ねる前《まえ》に、燃《も》えのこったおき火《び》をイロリの灰《はい》の中《なか》にうずめる。それを火種《ひだね》に、翌朝《よくあさ》ほりだして火《ひ》をおこすのだ。

年《とし》の暮《く》れもせまった日《ひ》のこと、家《いえ》のばあさまが嫁《よめ》にいった。

「もうすぐ大晦日《おおみそか》じゃ。年《とし》とりの晩《ばん》の火種《ひだね》はなによりだいじ。どんなことがあってもけしてはならねぇぞ」

嫁《よめ》がうなずくと、

「年《とし》とりの晩《ばん》の火《ひ》をけすようなものは、家《いえ》にはおけぬからな」

念《ねん》をおすようにいいきかせた。

年《とし》とりの晩《ばん》がきた。家《いえ》では年神《としがみ》さまをむかえて、夜《よる》おそくまでイロリのまわりですごす。嫁《よめ》もいつもよりおそくねた。

しかし、ふとんに入《はい》っても、ばあさまにいわれた火種《ひだね》のことが気《き》にかかってしかたがない。

正月《しょうがつ》の朝《あさ》、まだくらいうちにねどこを出《で》ると、イロリに行《い》って灰《はい》をほりかえした。ところが、うずめたはずのおき火《び》がきえている。

(火種《ひだね》がない！)

火《ひ》ばしで灰《はい》をかきまわしたが、ホタルの尻《しり》ほどの火種《ひだね》ものこっていなかった。

(たいへんなことになった)

青《あお》ざめた嫁《よめ》は、近所《きんじょ》の家《いえ》から火《ひ》をかりようと、そっと外《そと》に出《で》た。しかし、あかりのともった家《いえ》はなく、あたりはくらやみの中《なか》にしずまりかえっていた。
門口《かどぐち》でとほうにくれていると、ずっと道《みち》のむこうにぽつんと小《ちい》さなあかりが見《み》える。
(火《ひ》だ、あの火《ひ》をかりよう)
あかりはちらちらゆれながら、やってくる。やがて、ちょうちんをさ

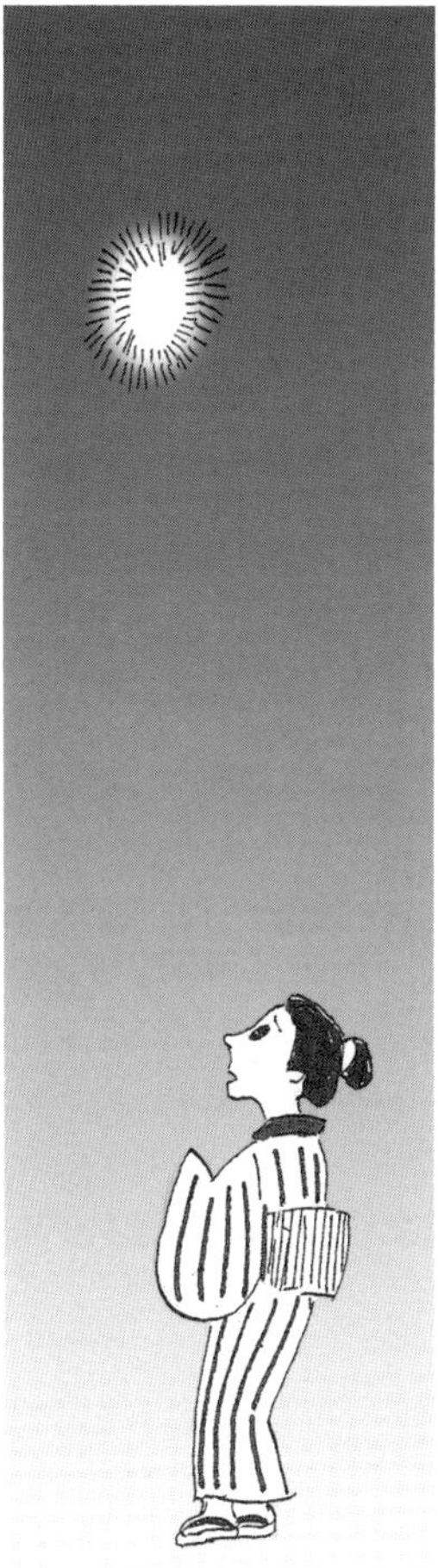

げたおじいさんがあらわれた。そのうしろには、ふたりの男《おとこ》がかんおけをかついでいる。嫁《よめ》はぎょっとしたが、思《おも》いきって声《こえ》をかけた。

「すみませんが、その火《ひ》をわけてもらえませんか」

おじいさんは足《あし》をとめると、ちょうちんをかざして嫁《よめ》を見《み》た。

「どうされた」

「じつは、だいじな火種《ひだね》がきれてしまって、こまっております」

嫁《よめ》が、わけを話《はな》すと、おじいさんは、

「火《ひ》をわけてもよいが、わしのたのみを聞《き》いてくれるか」

といった。

「なんでしょうか」

「このかんおけをあずかってもらいたい」
「かんおけをあずかる！」
嫁《よめ》はふるえあがった。だが、ここで火種《ひだね》をもらえなかったら、たいへんなことになる。ただただ、それがこわくてかんおけをあずかることにした。
おじいさんたちは、庭《にわ》の納屋《なや》にかんおけを運《はこ》びいれると、どこへともなく立《た》ちさっていった。嫁《よめ》は、かんおけにムシロをかけ、納《な》屋《や》のおくにかくした。

さっそく、もらった火《ひ》をイロリにうつすと、正月《しょうがつ》のしたくにとりかかった。

こうして、正月三《しょうがつさん》が日《にち》はぶじにすぎた。だが、嫁《よめ》は納屋《なや》のかんおけが心配《しんぱい》でおちつかない。おじいさんは、あずかってくれといったきり、とりにはこない。

四日目《よっかめ》の朝《あさ》のこと。納屋《なや》から出《で》てきたばあさまが、目《め》をつりあげ、嫁《よめ》にむかってどなり声《ごえ》をあげた。

「納屋《なや》の中《なか》に、みょうなおけがおいてあるが、おまえはしらぬか」

こまりはてた嫁《よめ》は、年《とし》とりの晩《ばん》の火種《ひだね》をけしたことをありのまま話《はな》した。

「めでたい正月《しょうがつ》に、なんということじゃ」

ばあさまは、泣《な》きそうな顔《かお》になった。

それから、ふたりで納屋《なや》に入《はい》ると、おそるおそるかんおけをあけた。

中《なか》をのぞいたとたん、腰《こし》をぬかさんばかりにおどろいた。

中《なか》には、目《め》もくらむような大判《おおばん》小判《こばん》がどっさり入《はい》っていた。

消火訓練《しょうかくんれん》
Cチーム《シー》
エンコウ
すげ〜っ!!
妖怪《ようかい》の種類《しゅるい》は、
ヘルメットの形《かたち》で
わかれているよ!
Eチーム
火《ひ》つけ係《がかり》
Dチーム《ディー》
水虎《すいこ》

A《エー》チーム
カワウソ
B《ビー》チーム
ガラッパ
シュウウウウ

給《きゅう》食《しょく》

そばやの客《きゃく》

さかき秋雪《あきゆき》

すこしむかしのこと。冬《ふゆ》の夜《よる》になると、そばやが屋台《やたい》をひいて、そばを売《う》りにあるいたもんだ。すずをチリンチリンと、ならしながらな。

「そばや～」

　チリンチリン

「ねぎな～んばんっ」

売《う》り声《ごえ》とすずの音《ね》を聞《き》きつけるとな、あっちのうちからも、こっちの

うちからも、人《ひと》が出《で》てきてよ、

「そばやさん、そば、一ぱい、おくんなさい」

「そばやさん、ねぎなんばん、一ぱい、おくんなさい」

って、そばを買《か》って食《く》うだとよ。

月《つき》もあまり出《で》ない、うすぐらい晩《ばん》のこと。そばやは、いつものように、
屋台《やたい》をひいて、

「そばや〜」

チリンチリン
「ねぎな〜んばんっ」

って、夜道《よみち》を売《う》りあるいていた。北風《きたかぜ》のふくさむい晩《ばん》でな、なかなか売《う》

れずに、いままできたことのないところまできてしまったと。すると、やみのむこうから、体《からだ》のでっかい男《おとこ》がぬーっとやってきて、低《ひく》くふとい声《こえ》で、

「そばやさん、そば、一ぱい、おくんなさい」

といったんだと。そばやはな、

「へえ、かしこまりました」

といって、大《おお》きなかまに火《ひ》をくべて、にたった湯《ゆ》の中《なか》へ、そばをぶっこんで、ぐらぐらゆでてな、ざるにあげて湯《ゆ》をきって、どんぶり

へ入《い》れて、ねぎをのっけて、おつゆをかけて、
「へい、おまちどうさま」
って出《だ》したんだと。すると大男《おおおとこ》は、あつがるようすもなく、
するー、するするするーっ。
と音《おと》を立《た》てながら、あっというまに食《た》べきって、
「そばやさん、もう一ぱい」
と、どんぶりをつきかえしたんだと。
そばやは、またにたったかまでそばゆでて、湯《ゆ》をきってどんぶりへ入《い》
れ、ねぎをのっけて、おつゆをかけて、男《おとこ》の前《まえ》に出《だ》したんだと。男《おとこ》は、
また、あっというまに食《た》べてしまって、

「そばやさん、もう一ぱい」

と、どんぶりをつきかえし、何度《なんど》もおかわりするうちに、とうとうそばは、なくなってしまったんだと。

「お客《きゃく》さん、あいすみません。もう、そばはなくなってしまいました」

そばやがいうと、大男《おおおとこ》はでっかい声《こえ》で、

「それじゃあ、お前《まえ》も食《く》っちまうぞ〜」

と、顔《かお》より大《おお》きな口《くち》をあけて、そばやにとびかかってきた。

そばやはびっくりしたのなんの。

「ひえー、助《たす》けてくれー」

やっとのこと身《み》をかわすと、屋台《やたい》をほっぽりだし、ころげるようににげだした。

まっくらな道《みち》を、あっちにまがり、こっちにそれ、やっとの思《おも》いで家《いえ》にたどりつき、ふとんにもぐって、がたがたふるえながら、夜《よ》があけるのを待《ま》ったと。

ようやく外《そと》があかるくなり、そばやは、おそるおそるおきだすと、ゆうべの屋台《やたい》のところへ、もどってみた。近《ちか》づいてみると、大《おお》がまの中《なか》から、ぐわーっ、ぐわーっと、大《おお》きないびきが聞《き》こえていた。男《おとこ》は、かまの中《なか》の湯《ゆ》までのんでしまって、ねていたんだと。

（これはきっと、ばけものにちがいねえ）

そばやはそう思《おも》って、そーっと大《おお》がまにふたをして、大《おお》きな石《いし》をのっけて、下《した》から火《ひ》を燃《も》やした。すると中《なか》から、声《こえ》がしたような気《き》がしたけれど、ぼんぼん、ぼんぼん、燃《も》やしつづけたんだと。

しばらくして、ふたをあけてみたら、見《み》たこともないばけものが小《ちい》さくなって、真《ま》っ黒《くろ》こげになっていたんだと。

昼休《ひるやす》み

こんなにちがう火《ひ》のいいつたえ ドキドキ通《つう》信《しん》

その４ 禁忌《きんき》

人間世界《にんげんせかい》　柿《かき》のたねを燃《も》やすと、火《ひ》の災《わざわ》いにあう。

妖怪世界《ようかいせかい》

柿《かき》のたねを燃《も》やすと、タンタンコロリンの災《わざわ》いにあう。

5時《じ》間《かん》目《め》

フーズムのおばあちゃん

高津美保子《たかつみほこ》

北《きた》ドイツの北海《ほっかい》ぞいに、フーズムという町《まち》がある。

それはずいぶんむかしのある冬《ふゆ》、海《うみ》に氷《こおり》がはった時期《じき》のことだった。

人《ひと》びとは長《なが》くて、さむい冬《ふゆ》のうさばらしをしようと、お祭《まつ》りをすることにした。海岸《かいがん》に大《おお》きなテントをいくつもはって、年《とし》よりから子《こ》どもまで、町中《まちじゅう》の人《ひと》があつまった。

氷《こおり》の上《うえ》でスケートをするもの、ソリ遊《あそ》びをする子《こ》どもたちもいれば、音楽《おんがく》をかなでてダンスをする男女《だんじょ》、年《とし》よりたちはテントの中《なか》で、一ぱいやりながらおしゃべりをしていた。

そんなふうに一日《いちにち》をすごし、やがて空《そら》にはあかるい月《つき》がのぼった。

だが、祭《まつ》りはまだまだこれからが本番《ほんばん》で、おいしそうな料理《りょうり》のにおいがただよいはじめていた。

海辺《うみべ》から聞《き》こえる、にぎやかな音楽《おんがく》や歓声《かんせい》に耳《みみ》をすましながら、たったひとり、自分《じぶん》の家《いえ》にいるおばあちゃんがいた。病気《びょうき》で体《からだ》が弱《よわ》っていて、も

う歩《ある》くこともできなかったからだ。
でも、おばあちゃんの家《いえ》は海岸《かいがん》を見《み》おろせる高《たか》台《だい》にあったので、家《いえ》にいても窓《まど》から海《うみ》に目《め》をやり、お祭《まつ》りのようすも見《み》ることができた。
さて、日《ひ》もくれかけたころ、おばあちゃんがいつものように海《うみ》を見《み》ていると、西《にし》の空《そら》に、小《ちい》さな白《しろ》い雲《くも》がひとつうかんだ。それはちょうど水平線《すいへいせん》のところだった。
そのとき、おばあちゃんはなんともいいようのない不安《ふあん》におそわれた。

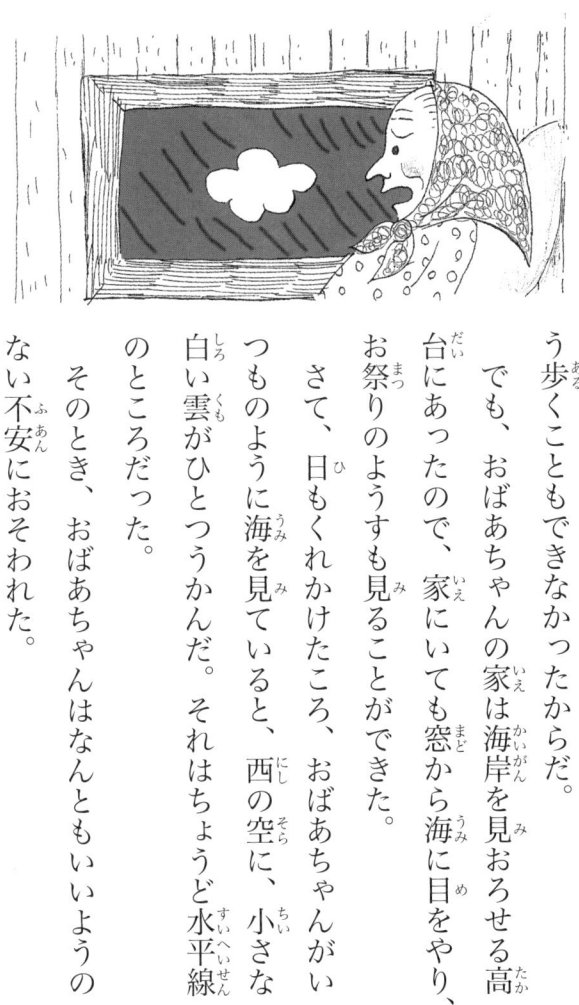

「くらくなった空《そら》に小《ちい》さな白《しろ》い雲《くも》……。この景色《けしき》、ずうっと前《まえ》にも見《み》たことがあるような気《き》がする……」

おばあちゃんは、胸《むな》さわぎをおぼえながら、古《ふる》い記憶《きおく》をたぐりよせて、思《おも》いだそうとしていた。

おばあちゃんの父親《ちちおや》は漁師《りょうし》だったから、いつも天候《てんこう》には気《き》をつけていて、おばあちゃんも子《こ》どものころから雲《くも》や風《かぜ》のことはよくしっていた。

「そうだ、わたしがまだ娘《むすめ》だったあのときとおなじ雲《くも》だわ。これからあらしになるしらせだわ。たいへん！　海岸《かいがん》の人《ひと》たちを助《たす》けないと……」

おばあちゃんは大《おお》あわてで、ベッドからおきあがった。

「もうすぐ満潮《まんちょう》になるわ。そして、あらしがやってきたら、おしまいだわ」

おばあちゃんは窓《まど》をあけると、海岸《かいがん》にむかって声《こえ》をかぎりにさけんだ。

でも、音楽《おんがく》をかけ、ダンスやスケートを楽《たの》しむ人《ひと》たちに、声《こえ》はとどかなかった。

「だめだわ、とても聞《き》こえやしない！」

そうこうするうちに、小《ちい》さな白《しろ》い雲《くも》はどんどん大《おお》きくなり、だんだん黒《くろ》くなってきた。

「ああ、雲《くも》がどんどん大《おお》きくなる。時間《じかん》がないわ！」

おばあちゃんはいたい足《あし》でふんばりながら、なんとかベッドからおりて、暖炉《だんろ》まではっていった。

「よかった！　まだ燃《も》えさしがのこっていたわ」

おばあちゃんは、その燃《も》えさしを近《ちか》くのわらの束《たば》になげこむと、大《おお》いそぎでげんかんのドアから家《いえ》の外《そと》にはいでて、ちょっとはなれた安全《あんぜん》なところまでのがれた。

おばあちゃんの小《ちい》さな家《いえ》は、おばあちゃんの目《め》の前《まえ》でめらめら燃《も》えあがった。

その火《ひ》と炎《ほのお》はくらくなってきた海岸《かいがん》からもよく見《み》えた。

「たいへんだ！　家《いえ》が燃《も》えているぞ！」

「おばあちゃんの家《いえ》だ。すぐに助《たす》けなくちゃ！」

浜《はま》にいたわかものたち数人《すうにん》が、大《おお》いそぎで高台《たかだい》へとかけあがっていっ

た。

氷《こおり》の上《うえ》でスケートをしていた人《ひと》びとも、浜《はま》にいそいだ。

そのとき、すでに風《かぜ》がゴーゴー音《おと》を立《た》てて氷《こおり》の上《うえ》をふきはじめていた。

人《ひと》びとも天候《てんこう》の急変《きゅうへん》に気《き》がついた。

「みんな、岸《きし》にあがれ！」

「もうすぐあらしがくるぞ！」

もうお祭《まつ》りどころではなかった。

空《そら》はみるみるまっくらになり、まもなく氷《こおり》がぎしぎし音《おと》をたててゆれはじめた。

人《ひと》びとは高台《たかだい》へといそいだ。

ちょうど最後《さいご》の人《ひと》たちが海辺《うみべ》をはなれたとたん、氷《こおり》の表面《ひょうめん》がわれ、最《さい》初《しょ》の大波《おおなみ》が浜《はま》にのしかかった。

そして、さらに大波《おおなみ》がうねりながらつぎつぎ海辺《うみべ》におしよせ、祭《まつ》りのテントはのこらずながされてしまった。

高台《たかだい》にあがって海岸《かいがん》のようすを見《み》ていた人《ひと》たちは、命《いのち》びろいしたと手《て》をとりあった。

体《からだ》の弱《よわ》ったおばあちゃんが、自分《じぶん》の家《いえ》を燃《も》やして、海岸《かいがん》にいる人《ひと》びとにあらしが近《ちか》づいていることをしらせて救《すく》ったのだ。

白滝《しらたき》の水《みず》

千世繭子《ちせまゆこ》

ぼくの家《いえ》の庭《にわ》には、小《ちい》さな社《やしろ》がまつられている。月《つき》に一度《ど》、うら山《やま》の滝《たき》から水《みず》をくんできては、それを社《やしろ》におそなえし、社《やしろ》にその水《みず》をかけるという、ちょっと風変《ふうが》わりなことをしている。

「なんでそんなことするのかな」って、気《き》になってもいたんだ。

そんなある朝《あさ》のこと、じいちゃんは、山《やま》に行《い》くしたくをしていた。

「じいちゃん、おはよう」

「おお。はやいな芳雄《よしお》。日曜《にちよう》なのに」

「じいちゃん、滝《たき》に行《い》くの？」

「ああ、今日《きょう》は、縁日《えんにち》だからな」

毎月《まいつき》十八日《にち》になると、じいちゃんが、かならず白滝《しらたき》から、御水《おみず》をくんでくるというのが役目《やくめ》なんだ。

「ぼくも行《い》こうかな？　行《い》っていい？」

「ほう、いいね。じゃ、今日《きょう》は芳雄《よしお》と出《で》かけるとしようか」

じいちゃんは、なんだかうれしそうだった。

「朝《あさ》ごはんは、お清《きよ》めが終《お》わったら滝《たき》で食《た》べような」

「お清《きよ》め？」

「まあいい。したくだ。したくだ」

ばあちゃんが作《つく》ってくれたおむすびをそれぞれの腰《こし》カゴに入《い》れて、山《やま》に入《はい》った。

「自分《じぶん》のべんとうは、自分《じぶん》でもつのが基本《きほん》だ」

「どうして？」

「食《た》べ物《もの》は、命《いのち》をつなぐたいせつなもんだからな。山《やま》で、はぐれでもしてみろ。こまるだろ」

「そうか。おべんとう、もってないとこまるね」

「そうだろう」

ぼくはじいちゃんの話《はなし》が大好《だいす》きだ。山《やま》のことも川《かわ》のこともよくしっているから。

滝《たき》につづく山道《さんどう》のとちゅうには、古《ふる》い山桜《やまざくら》が立《た》っていた。そこには木箱《きばこ》があって、つえが数本入《すうほんはい》っていた。

「この桜《さくら》が山門《さんもん》みたいなもんだ。ここからきついから、つえをもっていこう」

じいちゃんは軽《かる》いつえを一本《ぽん》とって、ぼくにわたしてくれた。大《おお》きなこぶのあるつえをもって、坂《さか》をのぼりはじめたじいちゃんは、なんだか仙人《せんにん》みたいだった。

のぼるにつれて、坂《さか》はほんとにきつくなった。大《おお》きな木《き》の枝《えだ》のあいだから、里《さと》や田《た》んぼ、そのむこうには街《まち》が見《み》えた。きゅうに、ひんやりとした空気《くうき》を感《かん》じた。

「もうひと息《いき》で、滝《たき》につくぞ」

じいちゃんの声《こえ》で、見《み》あげると白《しろ》いけむりのようなひとすじの滝《たき》が目《め》に入《はい》った。

なんだか、ぼくには、白《しろ》い生《い》き物《もの》みたいに見《み》えた。

「さあ、お清《きよ》めだ」

滝《たき》につくとじいちゃんが、滝《たき》のまわりにおちたかれ葉《は》やゴミをとって
そうじをはじめた。

「ねえ、ここはただの滝《たき》じゃないってこと?」

「ああ、そうだよ。いいきかいだな。そろそろ芳雄《よしお》にも話《はな》しておこうか」

じいちゃんは、そうじを終《お》え、水辺《みずべ》の石《いし》に腰《こし》をおろすと、べんとうを
出《だ》しながら、話《はな》しはじめた。

「あれは、じいちゃんが、芳雄《よしお》ぐらいのときのことだ。ある晩《ばん》ふしぎな

夢《ゆめ》を見《み》たんだ」

それは山《やま》から火《ひ》の手《て》があがって、あたりいちめんが火《ひ》の海《うみ》につつまれ、にげまどうこわい夢《ゆめ》だった。

(ああ、もうだめだ)

と思《おも》ったとき、とつぜんゴーーッとすさまじい風《かぜ》の音《おと》がして、見《み》あげると、白《しろ》い雲《くも》のうずの中《なか》から、竜《りゅう》があらわれたんだ。

「おまえの屋敷《やしき》まもってやんぞー」

そう声《こえ》がしたかと思《おも》うと、どどどどどーー、とおそろしいほどの雨風《あめかぜ》がおこった。

わー―、と地面《じめん》にひれふしたところで、目《め》がさめた。

「ホントだよ。ほんとうに、声《こえ》がしてよ。おまえの屋敷《やしき》まもってやんぞーって、竜《りゅう》がいったんだ」

つぎの朝《あさ》、この話《はなし》をすると、みんな笑《わら》って、

「たいした夢見《ゆめみ》たな。これからは、滝《たき》の水《みず》くみ、おまえがやんだな」

と、とりあってはくれなかった。でも、それからは滝《たき》の水《みず》くみをするようになったんだ。

夢《ゆめ》の話《はなし》もわすれかけた十八日《にち》の晩《ばん》のことだ。ほんとうに山火事《やまかじ》がおこったんだよ。

夢《ゆめ》とおなじく、あたりいちめん火《ひ》の海《うみ》だ。山《やま》がどんどん焼《や》けて、ああ、家《いえ》も焼《や》けるというときになって、父《とう》ちゃんが、

「みんなにげろー」

ってさけびながら、なにを思《おも》ったのか、おれのくんできた水《みず》を、庭《にわ》にまつってある社《やしろ》にザブンとかけて、火《ひ》の中《なか》を命《いのち》からがらにげたんだ。

あたりいちめんが焼《や》け野《の》原《はら》になったのに、ぽつんと家《いえ》と社《やしろ》だけが焼《や》けずにのこっていたんだ。

「それから、ずっとじいちゃんが滝《たき》の水《みず》をくむようになったのかあ？」

「ああ、そうだよ。この水《みず》には家《いえ》をまもる力《ちから》がやどっているからな」

じいちゃんの話《はなし》を聞《き》いて、いつか、滝《たき》の水《みず》くみは、ぼくがやろうと思《おも》った。

こんなにちがう火《ひ》のいいつたえ

ドキドキ通信《つうしん》 その5

ろうそく

人間世界《にんげんせかい》

バースデーケーキのろうそくぜんぶをひと息《いき》でけすと、幸運《こううん》がもたらされる。

妖怪世界《ようかいせかい》

バースデーケーキのろうそくを1本《ぽん》ずつけすと、お客《きゃく》がひとりふえる。

6時《じ》間《かん》目《め》

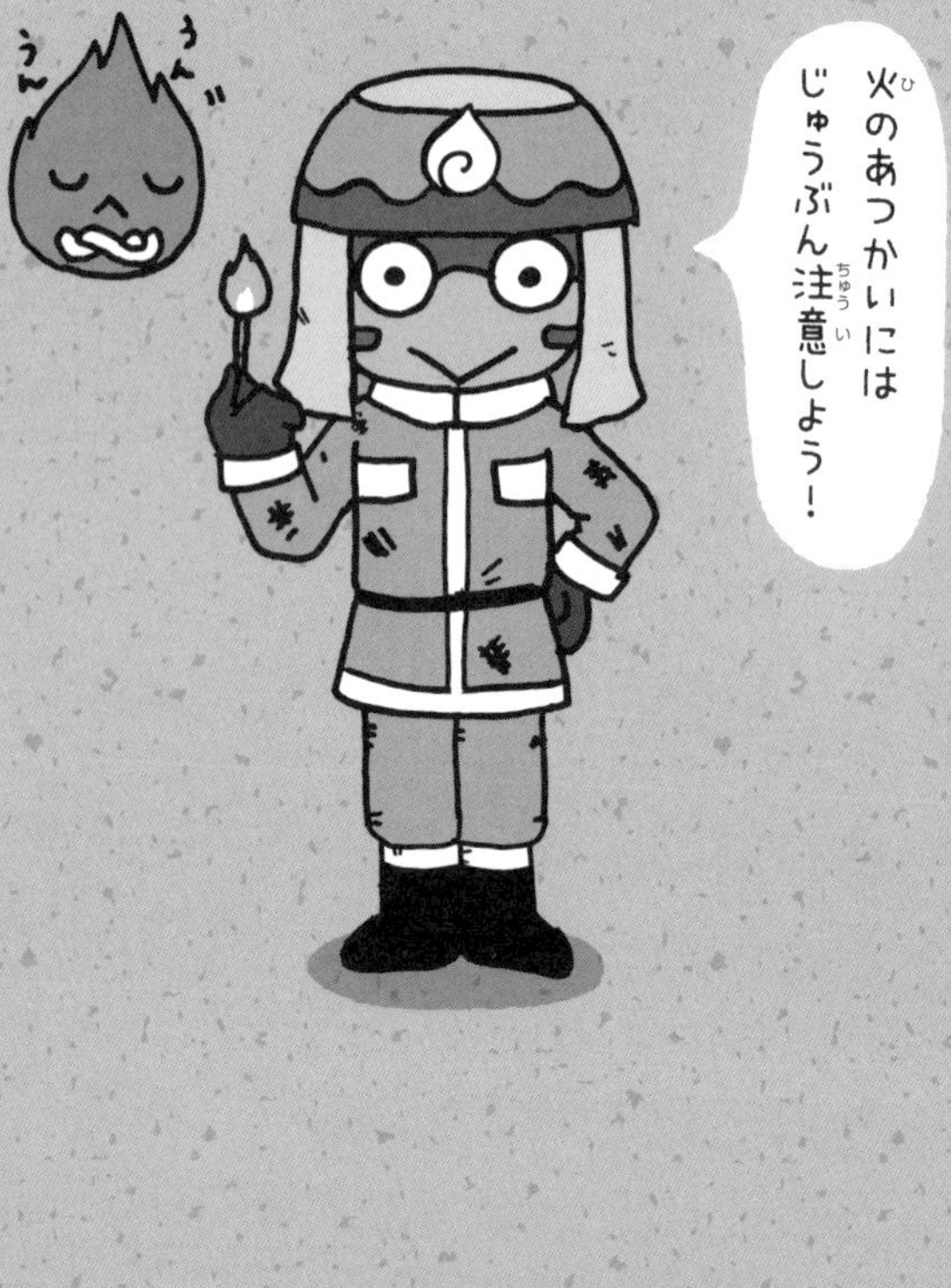

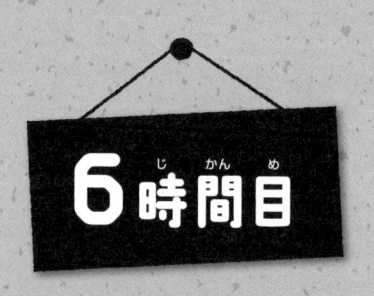

お稲荷《いなり》さんの火事《かじ》

岡野久美子《おかのくみこ》

いまから百年以上前《ねんいじょうまえ》のお話《はなし》です。

「おじいさん、もうおきたのかい？」

市郎《いちろう》じいさんがしたくをはじめたので、ミトばあさんも目《め》をさましました。

「ああ、今日《きょう》はサトイモの植《う》えつけをしようと思《おも》ってな」

「まだ夜明《よあ》け前《まえ》だよ。あんたってお人《ひと》は、ほんとに『くらいからくらいまで』だね」

「なんだ、そりゃ？」

「朝《あさ》くらいうちから畑《はたけ》に行《い》って、夜《よる》くらくなるまで、はたらいている人《ひと》のことだよ。村《むら》の人《ひと》はみんな、あんたのことを、そうよんでるよ」

「ほう、そうか。でも朝《あさ》めしや昼《ひる》めしには帰《かえ》ってくるじゃねえか。それに春《はる》のいまごろは、昼《ひる》すぎから夜《よる》にかけて、強《つよ》い風《かぜ》がふく。だから畑《はたけ》仕《し》事《ごと》ができるのは午前中《ごぜんちゅう》だけだ。はやくしねえと、今日中《きょうじゅう》に終《お》わんねえからな」

市郎《いちろう》じいさんはサトイモを畑《はたけ》に運《はこ》び、植《う》えつけの準備《じゅんび》をはじめました。

やがて東《ひがし》から、まぶしい光《ひかり》があがってきます。

「お天道様《てんとうさま》、いつもありがとうございます。どうぞ今日《きょう》も一日《いちにち》よろしくおねがいします」

市郎《いちろう》じいさんは、東《ひがし》をむくと朝日《あさひ》にふかぶかとおじぎし、手《て》をあわせました。それから畑《はたけ》のはるかむこうにぽつんと見《み》える、お稲荷《いなり》様《さま》の赤《あか》い鳥居《とりい》のほうをむき、おなじようにおがみました。

「神様《かみさま》、いつもありがとうございます。どうぞ今日《きょう》も一日《いちにち》よろしくおねがいします」

そしてまた市郎《いちろう》じいさんは畑仕事《はたけしごと》にもどり

ます。いっしょうけんめいやっているうちに、市郎《いちろう》じいさんはふとなにかの気配《けはい》に気《き》がつきました。

（おやっ？）

茶色《ちゃいろ》いけものが市郎《いちろう》じいさんの目《め》の前《まえ》をよこぎっていきます。

（いやあ、みごとなしっぽだ。キツネだな）

キツネは市郎《いちろう》じいさんのことなど、気《き》にもとめず、あっというまに走《はし》りさりました。

（ここいらへんじゃ、タヌキやウサギはよくいるが、キツネはめったに見《み》ねえな）

そう思《おも》っていると、今度《こんど》は、

(おおぅ！　もう一ぴき、いや二ひきだ……)

母《はは》ギツネが子《こ》ギツネをつれて、さっきのキツネとおなじ方向《ほうこう》に走《はし》っていきました。

(めずらしいことがあるもんだ……。ええっ！)

なんと四ひきめ、五ひきめのキツネが走《はし》りさったのです。

市郎《いちろう》じいさんは、首《くび》をかしげました。

(もしかしたら、キツネじゃなくて、犬《いぬ》だったのかもしれんなあ。キツネの足《あし》あとはウメの花《はな》のような形《かたち》をしているというぞ。犬《いぬ》か、キツネ

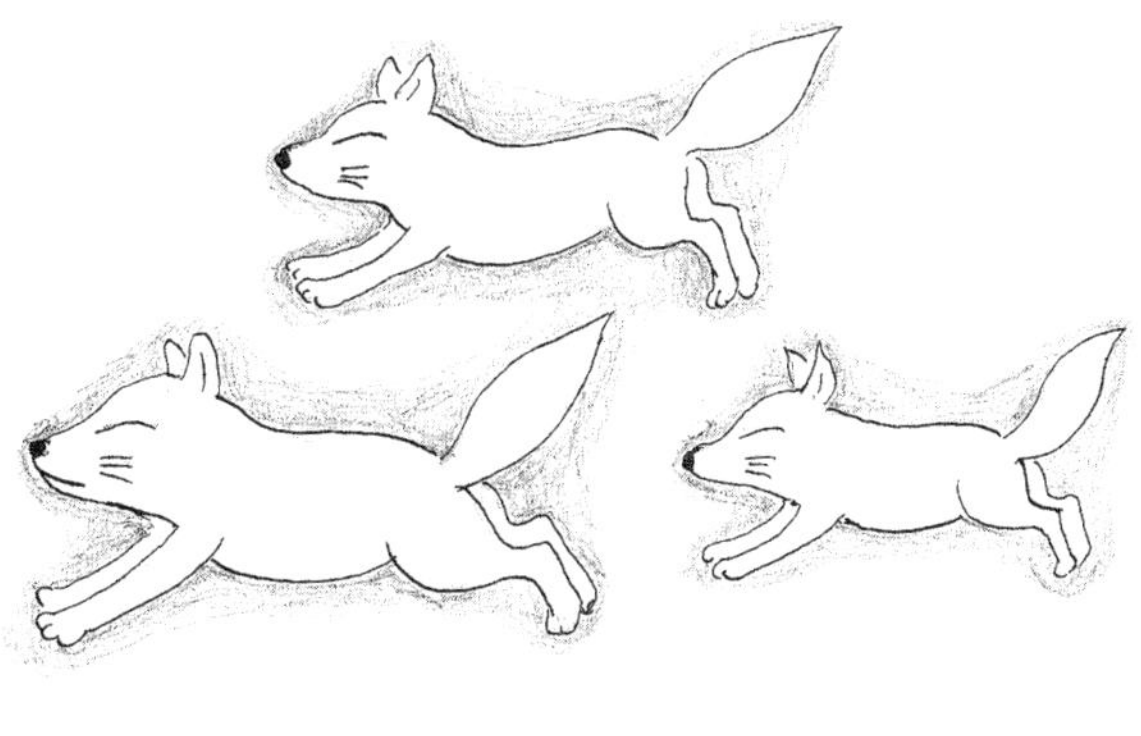

か、足《あし》あとをしらべてみるか）

ところが黒《くろ》ぐろとした土《つち》の上《うえ》には、なんのあともないのです。

（おかしいな……たしかにここを走《はし》っていったはずだが……。おら、つかれてるのかもしれん。今日《きょう》は休《やす》むことにしようか）

市郎《いちろう》じいさんは、家《いえ》に帰《かえ》ると、めしも食《く》わずに、そのままねてしまいました。

どのくらいたったのでしょうか。ミトばあさんにおこされました。

「おじいさん、たいへんだ！　お稲荷《いなり》さんが火事《かじ》だよ」

「ええっ！」

外《そと》に出《で》ると、畑《はたけ》のむこうのほうに、もくもくとけむりがあがっているのが見《み》えます。ふたりはいそいでかけつけました。

すでに村《むら》の人《ひと》があつまって、すぐそばをながれる小川《おがわ》の水《みず》をくんでは、せっせとお社《やしろ》にかけています。

ところが、おりからの強風《きょうふう》で、火《ひ》のいきおいはおさまらず、とうとうお社《やしろ》は燃《も》えつきてしまったのです。

夕《ゆう》やみせまるなか、ミトばあさんがぽつりとつぶやきました。

「お稲荷様《いなりさま》も、さぞあつかっただろうに……」

市郎《いちろう》じいさんもがっかりしていいました。

「火事《かじ》をけせずに、神様《かみさま》にもうしわけないことをしたなあ……。いやっ、待《ま》てよ……」

市郎《いちろう》じいさんは、村《むら》の人《ひと》たちに話《はな》しました。

「今朝《けさ》、おらの畑《はたけ》でキツネを見《み》たんだ。一ぴきだけじゃねえ、何《なん》びきものキツネが走《はし》っていったんだがよう、子《こ》どもまでつれてるんだ」

「ほう」

「おら、キツネじゃなくて、犬《いぬ》かもしれねえと思《おも》って、足《あし》あとをしらべたんだが、ふしぎなことに足《あし》あとがついてなかったんだ。あれはふつうのキツネじゃなくてお稲荷様《いなりさま》だったんじゃねえか。お稲荷様《いなりさま》が火事《かじ》の前《まえ》ににげだされたのかもしれねえ」

みな目《め》をまるくして、うなずきました。

「そうか。お稲荷様《いなりさま》は火事《かじ》がおきるのをちゃんとわかっておられた。それで火事《かじ》の前《まえ》ににげられたんだな」

炎《ほのお》におわれて

望月正子《もちづきまさこ》

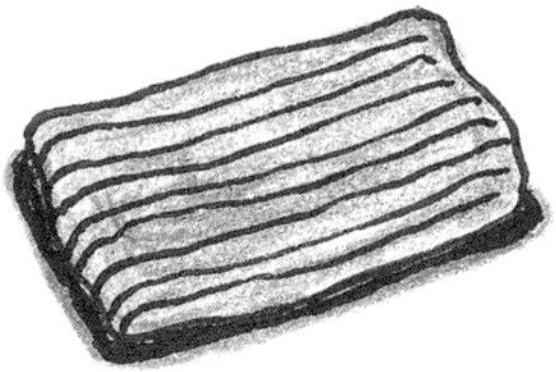

蓮《れん》は今年《ことし》も、夏休《なつやす》みはお母《かあ》さんの実家《じっか》ですごすことにした。ここにはお母《かあ》さんの両親《りょうしん》のじいじとばあば、そしてじいじのお父《とう》さん、つまりひいじいもいる。

ひいじいは遊《あそ》びじょうずでお話好《はなしず》きだから、川《かわ》でつりをしながら渕《ふち》の主《ぬし》の大《おお》ヤマメの話《はなし》をしたり、とうげ道《みち》を歩《ある》きながら人食《ひとく》い鬼《おに》の出《で》た話《はなし》などをしてくれ、背中《せなか》がゾゾーッとすることもある。ひいじいにかかると台所《だいどころ》のナベもばけものになるのだから、蓮《れん》の好《す》きなこわい話《はなし》もつきない。

蓮《れん》は聞《き》いてみた。

「ねえ、ひいじいがいままで一番《いちばん》こわいと思《おも》ったおばけってなに？

見《み》たことある中《なか》で」

「うーん、なんだかなー、うーん」

ひいじいは、笑《わら》うとしわが目《め》からあごまでつながって三重丸《さんじゅうまる》のようになり、すごくかわいい。しばらく「うーん」と笑《わら》っていたが、ふっと真《ま》顔《がお》になった。

「そうだな、やっぱりこの世《よ》で一番《いちばん》こわいのはおばけではなくて戦争《せんそう》だな。蓮《れん》も来年《らいねん》は六年生《ねんせい》だ。ひいじいがいままで一番《いちばん》こわかった、町中《まちじゅう》が真《ま》っ赤《か》になった日《ひ》のことを話《はな》そうか」
といって、風通《かぜとお》しのよい日《ひ》かげにすわった。

いまからざっと七十年《ねん》ほど前《まえ》の昭和《しょうわ》二十年《ねん》、ひいじいはまだ十歳《さい》だった。そうだ、いまの蓮《れん》とちょうどおなじ年《とし》ごろだ。

そのころ、日本《にほん》が世界《せかい》の国《くに》ぐにと戦争《せんそう》していたのはしっているな。その戦争《せんそう》に日本《にほん》は負《ま》けたんだが、終《お》わるすこし前《まえ》のことだ。毎日《まいにち》のようにアメリカの飛行機《ひこうき》がとんできて、爆弾《ばくだん》をおとしていった。毎日《まいにち》、日本《にほん》のどこかの都市《とし》に空襲《くうしゅう》があり、町《まち》が焼《や》けつくされていたよ。

ひいじいの一家《いっか》も、前《まえ》は東京《とうきょう》に住《す》んでいたんだが、父親《ちちおや》が兵隊《へいたい》にとら

れて戦地《せんち》に行《い》ってしまってな。親《しん》せきのあるこの町《まち》に、一家《いっか》で疎開《そかい》してきたんだよ。危機《きき》一髪《いっぱつ》、すぐあとの三月《がつ》十日《とおか》の東京大空襲《とうきょうだいくうしゅう》で、家《いえ》は丸焼《まるや》けになってしまったよ。

そして六月《がつ》、とうとうこの町《まち》にもたくさんの飛行機《ひこうき》がとんできて、爆撃《ばくげき》がはじまった。だが家《いえ》は町《まち》の中心街《ちゅうしんがい》の北《きた》のはしで、大《おお》きな神社《じんじゃ》のうら山《やま》を背《せ》にしていたから、空襲《くうしゅう》もそこまではないだろうと思《おも》っていた。

そのときひいじいの家族《かぞく》は、おばあさんとお母《かあ》さん、八歳《さい》と四歳《さい》と一歳《さい》の妹《いもうと》三人《にん》の六人《にん》。十歳《さい》でも男《おとこ》はひとりだけで、しっかりしなきゃと思《おも》った。父親《ちちおや》にもたのまれていたからな。

四歳《さい》の妹《いもうと》の手《て》をひいて、一度《いちど》うら口《ぐち》から外《そと》に出《で》たが、母親《ははおや》に「ふとんを一まいもっていこう」といわれ、ひいじいは家《いえ》にもどった。だけど、ふとんをせおったら妹《いもうと》の手《て》もひけない。母親《ははおや》だって、大《おお》きなふろしきづつみをもって、ふたりをおんぶはできないと、とっさに、げんかんにおいてある乳母車《うばぐるま》をもっていこうと思《おも》いついた。げんかんへのふすまをあけたら、げんかんのすりガラスが真《ま》っ赤《か》で、すぐそばまで火《ひ》がきているのがわかった。あわててふとんだけかついで、うら口《ぐち》から出《で》ると、六人《にん》でむちゅうでにげた。

山側《やまがわ》にある町内《ちょうない》の防空壕《ぼうくうごう》へ入《はい》ろうとしたが、もう人《ひと》がいっぱいでことわられた。でも母親《ははおや》がむりやりたのんでおしこんでもらい、泣《な》きさけぶ妹《いもうと》の口《くち》をおさえ、息《いき》をころしていると、まもなくだれかが、「ここにいたら蒸《む》し焼《や》きになるぞ！」とさけんだ。

いっせいにみんながにげだした。ふみつぶされそうになりながら、ひいじいたちはなんとか外《そと》に出《で》た。山側《やまがわ》は行《い》きどまりなので、みんなの行《い》くほうについていくしかない。

そのとき、あたりがぱーっと昼間《ひるま》のようにあかるくなった。近《ちか》くに照《しょう》明弾《めいだん》がおちたんだ。

おおぜいの人《ひと》があっちへこっちへとうごいている。ひいじいたちは、はぐれないように必死《ひっし》だ。母親《ははおや》は中《なか》の妹《いもうと》をせおい、片手《かたて》にふろしきづつみを、もう片方《かたほう》に上《うえ》の妹《いもうと》の手《て》をつかんで、おばあさんも下《した》の妹《いもうと》をせおい、荷物《にもつ》をかかえていた。

シューシュー、弾《たま》がとんできて、バッとはじける。近《ちか》くにいた人《ひと》がばたばたたおれた。火《ひ》がせまってきて背中《せなか》があつい。火《ひ》の粉《こ》や弾《たま》をよけるため、家族《かぞく》でふとんをかぶろうとしたが、人《ひと》ごみを走《はし》りながらではどうしようもなく、重《おも》いだけで役《やく》に立《た》たない。

そのときひいじいは、母親《ははおや》の背中《せなか》を見《み》てはっとした。おぶさっていた中《なか》の妹《いもうと》の頭《あたま》が真《ま》っ赤《か》だった。頭《あたま》から血《ち》がふきだしていたのだ。母親《ははおや》のそでをひっぱって教《おし》えると、母《はは》はうんとうなずいたよ。しっていたんだな。そこで決心《けっしん》したらしく、「家《いえ》に帰《かえ》ろう、みんな、ぜったいはなれないでね」といった。どうせ死《し》ぬなら、みんないっしょにと思《おも》ったんだろうな。

あたりは火事《かじ》でおこる熱風《ねっぷう》のうずで、あらゆるものがまいあがり、トタンまでとんでいる。家族《かぞく》は、ふとんだけのこして荷物《にもつ》をすて、手《て》をにぎりあい、家《いえ》のあったあたりまでもどった。

わが家《や》もとなりの家《いえ》もそのとなりも、家《いえ》いえは炎《ほのお》やけむりをあげていた。ところがふしぎなことに、家《いえ》のうらにあった、たたみ二まいほどの

小《ちい》さな茶畑《ちゃばたけ》が、なにごともなかったように緑色《みどりいろ》のままだったのだ。ひいじいたちはそこへすいよせられていた。

茶《ちゃ》の木《き》の上《うえ》にふとんをひろげると、まるで茶《ちゃ》の木《き》にもちあげられているようだったよ。その真《ま》ん中《なか》に、死《し》んだ妹《いもうと》をおろしてねかせた。そしてまわりをかこむように、ふとんのはしにみんなですわると、茶《ちゃ》の木《き》がぐぐーっとしずみ、林《はやし》にかこまれた感《かん》じがした。

みんながいっしょでふとんが心地《ここち》よかったの

か、いつのまにかひいじいはねむってしまった。

ひいじいは生《い》きていたのがふしぎだった。夜《よ》があけると、近《ちか》くの人《ひと》に助《たす》けてもらい、家《いえ》の焼《や》けのこりのきれはしをあつめて、妹《いもうと》を焼《や》いたよ。

これがひいじいの一番《いちばん》こわかった日《ひ》の話《はなし》だ。ひいじいだけではない。日本中《にほんじゅう》でたくさんの人《ひと》がこんな経験《けいけん》をした。だからひいじいは、戦争《せんそう》が一番《いちばん》こわい。

蓮《れん》はその日《ひ》、だれにいわれなくても日記《にっき》をつけた。

帰《かえ》りのHR《ホームルーム》

あけた窓《まど》から、いきなり教室《きょうしつ》にとびこんできたのは、天狗《てんぐ》小《こ》太《た》郎《ろう》先生《せんせい》。
「どうしたんですか、先生《せんせい》!」
トイレの花子《はなこ》が大声《おおごえ》をあげた。先生《せんせい》の服《ふく》は焼《や》けこげてあなだらけ、赤《あか》い顔《かお》もススまみれでうす黒《ぐろ》い。
「じつは、もののけ村《むら》で山火事《やまかじ》があってな。さっきまで消火活動《しょうかかつどう》をしていたのだ」

「山火事《やまかじ》ですか」

「ああ、山《やま》の火《ひ》がふもとの家《いえ》にせまってきて、このままでは、たいへんなことになるというので、かけつけたんだ。天狗《てんぐ》の羽《は》うちわには、風《かぜ》や火《ひ》をおいかえす力《ちから》があるからな」

「それで、火事《かじ》はどうなったんですか」

「羽《は》うちわで、あおいでいるうちに火《ひ》はだんだん遠《とお》ざかり、まもなくきえた。しかし、火《ひ》の粉《こ》がふりかかってまいったよ。ところで、今日《きょう》の訓《くん》練《れん》はどうだったかな」

「はい、非常《ひじょう》ベルがなるとどうじに、全員教室《ぜんいんきょうしつ》を出《で》て校庭《こうてい》に移動《いどう》しました」

ゴォォォォォォォォ……
ディダラボッチ

河童《かっぱ》の一平《いっぺい》が報告《ほうこく》した。すると、人面犬助《じんめんけんすけ》がちょっとじまんげにいった。

「ぼくは、移動中《いどうちゅう》に階段《かいだん》でころんだポン太《た》を助《たす》けました」

その言葉《ことば》にタヌキのポン太《た》が反応《はんのう》した。

「助《たす》けたなんて、よくいうぜ。『しっかりしろ』って、ひとこといっただけで、そのまま階段《かいだん》をおりていったじゃないか」

むっとした顔《かお》で犬助《けんすけ》を見《み》た。

「おれの親切《しんせつ》と友情《ゆうじょう》に水《みず》をさすのか」

犬助《けんすけ》がにらみかえすと、すぐに、ポン太《た》がいいかえした。

「助《たす》けたなんて、かっこつけて大《おお》げさにいうからさ」

「ふたりともやめなさい。みにくい友情《ゆうじょう》ね」

しっかりしろよ～
ズル
イテッ
ドスッ

幽麗華《ゆうれいか》がしらっと注意《ちゅうい》した。

「それで、校庭《こうてい》での消火訓練《しょうかくんれん》はうまくできたかい」

「はい、妖怪消防署《ようかいしょうぼうしょ》の隊長《たいちょう》さんの指導《しどう》で、消火器《しょうかき》で火《ひ》をけす訓練《くんれん》をやりました。さすがオウマガドキ学園《がくえん》の生徒《せいと》だってほめられました」

天狗小太郎先生《てんぐこたろうせんせい》は、うれしそうにうなずくと、

「生活《せいかつ》をするうえで、火《ひ》はなくてはならないものだ。しかし、ゆだんをすると火事《かじ》ややけどの原因《げんいん》にもなる。くれぐれも気《き》をつけてあつかうように」

そういって、窓《まど》から外《そと》にとびだした。つかれているのか、ふらふらとんでいる。

パチ
パチ
パチ
パチ
シュわわわ……

「小太郎《こたろう》先生《せんせい》、
だいじょうぶかなぁ」
みんな、窓《まど》ぎわに立《た》って
心配《しんぱい》そうに見《み》おくった。

バサッ
バサッ
フラッ……
飛行機《ひこうき》のって くれば よかった……
ブーン
フラッ……
ごめんね……
こっちこそ ごめん……

解説《かいせつ》

高津美保子《たかつみほこ》

みなさん、こんばんは。今夜《こんや》の授業《じゅぎょう》はいかがでしたか。今日《きょう》は「火《ひ》」について勉強《べんきょう》しました。

人間《にんげん》の生活《せいかつ》は火《ひ》をつかうようになってから、飛躍的《ひやくてき》に便利《べんり》になりました。火《ひ》をおそれる動物《どうぶつ》からの害《がい》をふせぐことができるようになり、火《ひ》で調理《ちょうり》することでさまざまなものが食《た》べられるようになるとともに、食料《しょくりょう》の保存《ほぞん》が可能《かのう》になったからです。また、くらやみでねむるしかなかった夜《よる》の時間《じかん》も、火《ひ》をともすことでつかえるようになりました。しかし、便利《べんり》な火《ひ》も使《つか》い方《かた》ひとつまちがえると、やけどをしたり、火事《かじ》をおこしたり、命《いのち》もおとしかねません。

「はじまりのHR《ホームルーム》」でマジョリー先生《せんせい》も火《ひ》のあつかい方《かた》に注意《ちゅうい》するように指導《しどう》しています。妖怪世界《ようかいせかい》にも花火大会《はなびたいかい》や消火訓練《しょうかくんれん》があるのですね。

1時間目《じかんめ》の「海《うみ》の月《つき》」では、港町《みなとまち》で夜《よ》づりをして民宿《みんしゅく》に帰《かえ》るとちゅう、小原《おはら》がとんできた赤《あか》い火《ひ》の玉《たま》をたたくと、われて顔《かお》にくっついてあたりがすべて赤色《あかいろ》に見《み》え、なまぐさいにおいがします。クラゲは、「海月《クラゲ》」とも書《か》きますね。**「金《きん》の火《ひ》」**は江戸時代《えどじだい》の話《はなし》です。金弥《きんや》をさがして手《て》あらいにいった銀弥《ぎんや》は、金弥《きんや》がふたつの金色《きんいろ》にかがやく玉《たま》でお手玉《てだま》をしているのを見《み》ます。「見《み》たのね？」はこわいですね。ふたつの金《きん》の玉《たま》は、妖怪《ようかい》を見《み》ることのできる伯母《おば》さんの話《はなし》から、金弥《きんや》と銀弥《ぎんや》ふたりの魂《たましい》だということがわかります。

今日《きょう》の休《やす》み時間《じかん》は**「ドキドキ通信《つうしん》」**です。人間世界《にんげんせかい》と妖怪世界《ようかいせかい》の火《ひ》のいいつたえは、ずいぶんちがうのですね。

2時間目《じかんめ》は、ふたつのろうそくの話《はなし》です。彼岸《ひがん》の真夜中《まよなか》二時《じ》、町中《まちじゅう》の犬《いぬ》が山《やま》にむかってほえだします。見《み》ると、山《やま》にのぼる**「ろうそくの列《れつ》」**が見《み》え、それが三晩《みばん》つづきます。そのろうそくの列《れつ》は、数日後《すうじつご》に亡《な》くなる人《ひと》たちだったのです。犬《いぬ》には霊魂《れいこん》や亡《な》くなった人《ひと》が感《かん》じられるようです。**「死人《しにん》の手《て》のろうそく立《た》て」**はイギリスの話《はなし》で、これはいっしゅんで、みなをねむらせてしまう黒魔術《くろまじゅつ》の道具《どうぐ》で「栄光《えいこう》の手《て》」とよばれています。絞首台《こうしゅだい》の死人《しにん》の手《て》、それも極悪人《ごくあくにん》の手《て》で作《つく》ったものが最強《さいきょう》だそうです。ろうそくの火《ひ》をけしたミルクには、とくべつな力《ちから》があるのでしょうか。

3時間目《じかんめ》の話《はなし》は、ともに欲《よく》を出《だ》してはいけないという話《はなし》です。ブラジルの**「運《うん》だめしに出《で》た男《おとこ》」**は、グリム童話《どうわ》の「死神《しにがみ》の名《な》づけ親《おや》」や日本《にほん》の落語《らくご》「死神《しにがみ》」とおなじタイプの話《はなし》です。死《し》ぬ運命《うんめい》の病人《びょうにん》を生《い》かしたため、自分《じぶん》の命《いのち》をちぢめることになりました。ロシアの**「赤《あか》い炎《ほのお》」**は、長《なが》く地中《ちちゅう》にうもれていた宝《たから》が「ほりだしてくれ」と炎《ほのお》となってしらせていたのです。でも欲《よく》を出《だ》したため、宝《たから》をまもっていた兵士《へいし》といっしょに、ほりだした金貨《きんか》もすべてきえてしまいます。

4時間目《じかんめ》は、対照的《たいしょうてき》な心根《こころね》をもつ女性《じょせい》の話《はなし》です。やさしかった村長《そんちょう》の妻《つま》のペリーヌは、夫《おっと》がほどこしたものまでのこらずとりあげるケチな女《おんな》です。まずしい男《おとこ》の家《いえ》にこった最後《さいご》のむちまでもちかえりますが、それが**「炎《ほのお》のむち」**となってペリーヌを毎晩《まいばん》たたき、火《ひ》にくべても苦《くる》しみはつづき、とうとうペリーヌは死《し》んでしまいます。むかしいっぽう、**「きえた火種《ひだね》」**の嫁《よめ》は大歳《おおどし》の晩《ばん》にだいじな火種《ひだね》をけしてしまいます。むかしは、火種《ひだね》をまもることは嫁《よめ》のたいせつな仕事《しごと》でした。お嫁《よめ》さんはこまって、火種《ひだね》をもらうかわりにかんおけをあずかります。朝《あさ》になると、かんおけに入《はい》っていたのは大《おお》判小判《ばんこばん》。これはきっと、いつもけんめいにはたらくお嫁《よめ》さんへのごほうびだったのでしょう。

今日《きょう》の給食《きゅうしょく》は**「そばやの客《きゃく》」**です。そばやの屋台《やたい》にやってきて、そばを何《なん》ばいもおかわりして食《た》べ、そばがなくなると、「お前《まえ》も食《く》っちまうぞ～」ととびかかってきました。そばやはひっしににげて、翌朝屋台《よくあさやたい》にもどると、大《おお》がまの中《なか》から大《おお》いびきが聞《き》こえます。大食《おおぐ》いのそばやの客《きゃく》はいったいなにものだったのでしょう。

5時間目《じかんめ》の**「フーズムのおばあちゃん」**は、北《きた》ドイツの海岸《かいがん》で祭《まつ》りを楽《たの》しんでいる人《ひと》びとを高波《たかなみ》から救《すく》うため、自分《じぶん》の家《いえ》に火《ひ》をつけてしらせた話《はなし》です。江戸時代《えどじだい》、安政《あんせい》南海地震《なんかいじしん》の津波《つなみ》から村人《むらびと》をまもるため、かりとったばかりの自分《じぶん》の田《た》んぼの稲《いね》の束《たば》に火《ひ》をつけた「稲《いな》むらの火《ひ》」の話《はなし》を思《おも》いおこさせます。**「白滝《しらたき》の水《みず》」**は、じいちゃんが子《こ》どものころの話《はなし》です。火事《かじ》の夢《ゆめ》を見《み》たとき、白《しろ》い雲《くも》の中《なか》から竜《りゅう》が「まもってやんぞー」というのが聞《き》こえ、実際《じっさい》その後《ご》の火事《かじ》で庭《にわ》の社《やしろ》に白滝《しらたき》の水《みず》をかけると、家《いえ》はまもられました。芳雄《よしお》が滝《たき》の水《みず》くみ役《やく》をひきついでくれたら、竜神《りゅうじん》さまもじいちゃんもよろこぶことでしょう。

6時間目《じかんめ》の**「お稲荷《いなり》さんの火事《かじ》」**では、お稲荷《いなり》さんの社《やしろ》が火事《かじ》になる前《まえ》に、市郎《いちろう》じいさんはキツネの親子《おやこ》が走《はし》っていくのを見《み》ました。お稲荷《いなり》さんのキツネたちは火事《かじ》の危機《きき》を事前《じぜん》にしって難《なん》をのがれたのです。それにしても、足《あし》あとがつかないのはふしぎです。**「炎《ほのお》におわれて」**は、太平洋戦争末期《たいへいようせんそうまっき》、日本中《にほんじゅう》の都市《とし》が空《そら》から攻撃《こうげき》された空襲《くうしゅう》の話《はなし》です。空襲《くうしゅう》では広島《ひろしま》・長崎《ながさき》の原爆《げんばく》をふくめ、日本中《にほんじゅう》で数《すう》十万人《まんにん》もの人《ひと》びとが亡《な》くなりました。しかし、命《いのち》は助《たす》かっても空襲《くうしゅう》のおそろしさは戦後《せんご》七十年《ねん》以上《いじょう》たってもわすれることはなく、いまでもうなされるという人《ひと》がいます。戦争《せんそう》が一番《いちばん》こわい！

「帰《かえ》りのＨＲ《ホームルーム》」は、天狗小太郎先生《てんぐこたろうせんせい》です。消火活動《しょうかかつどう》をしていて、服《ふく》は焼《や》けこげだらけです。ふだんからの心《こころ》がまえや訓練《くんれん》がひつようです。火《ひ》は生活《せいかつ》になくてはならないものですが、火事《かじ》ややけどの原因《げんいん》にもなり、ゆだんは禁物《きんもつ》です。

怪談オウマガドキ学園編集委員会

常光 徹（責任編集） 岩倉千春
大島清昭 高津美保子 米屋陽一

協力

日本民話の会

怪談オウマガドキ学園
24 火の玉ただよう消火訓練

2017年10月16日 第1刷発行
2018年 3 月 6 日 第2刷発行

怪談オウマガドキ学園編集委員会・責任編集 ■ 常光 徹
絵・デザイン ■ 村田桃香（京田クリエーション）
絵 ■ かとうくみこ 山﨑克己
写真 ■ 岡倉禎志

発行所 株式会社童心社
〒112-0011 東京都文京区千石4-6-6
03-5976-4181（代表） 03-5976-4402（編集）
印刷 株式会社光陽メディア
製本 株式会社難波製本

Published by DOSHINSHA Printed in Japan
ISBN978-4-494-01732-4 NDC913 158p 17.9×12.9cm
https://www.doshinsha.co.jp/

もう読んだ？

怪談《かいだん》オウマガドキ学園《がくえん》シリーズ

❶ 真夜中《まよなか》の入学式《にゅうがくしき》
「学校《がっこう》・夜《よる》・時間《じかん》」の怪談《かいだん》

❷ 放課後《ほうかご》の謎《なぞ》メール
「ケータイ・メール・ゲーム」の怪談《かいだん》

❸ テストの前《まえ》には占《うらな》いを
「霊感《れいかん》・占《うらな》い・予知《よち》」の怪談《かいだん》

❹ 遠足《えんそく》は幽霊《ゆうれい》バスで
「乗《の》り物《もの》・旅行《りょこう》」の怪談《かいだん》

❺ 冬休《ふゆやす》みのきもだめし
「冬《ふゆ》」の怪談《かいだん》

❻ 幽霊《ゆうれい》の転校生《てんこうせい》
「幽霊《ゆうれい》」の怪談《かいだん》

❼ うしみつ時《どき》の音楽室《おんがくしつ》
「音《おと》・におい」の怪談《かいだん》

❽ 夏休《なつやす》みは百物語《ひゃくものがたり》
「夏《なつ》」の怪談《かいだん》

❾ 猫《ねこ》と狐《きつね》の化《ば》け方教室《かたきょうしつ》
「動物《どうぶつ》」の怪談《かいだん》

❿ 4時《じ》44分《ぷん》44秒《びょう》の宿題《しゅくだい》
「数《かず》・算数《さんすう》」の怪談《かいだん》

⓫ 休《やす》み時間《じかん》のひみつゲーム
「遊《あそ》び」の怪談《かいだん》

⓬ ぶきみな植物観察《しょくぶつかんさつ》
「植物《しょくぶつ》」の怪談《かいだん》

⓭ 妖怪博士《ようかいはかせ》の特別授業《とくべつじゅぎょう》
「妖怪《ようかい》・妖精《ようせい》」の怪談《かいだん》

⓮ あやしい月夜《つきよ》の通学路《つうがくろ》
「天気《てんき》・天体《てんたい》」の怪談《かいだん》

⓯ ぞくぞくドッキリ学園祭《がくえんさい》
「体《からだ》」の怪談《かいだん》

⓰ 保健室《ほけんしつ》で見《み》たこわい夢《ゆめ》
「夢《ゆめ》・ねむり」の怪談《かいだん》

⓱ 旧校舎《きゅうこうしゃ》のあかずの部屋《へや》
「建物《たてもの》」の怪談《かいだん》

⓲ 真夏《まなつ》の夜《よ》の水泳大会《すいえいたいかい》
「水《みず》」の怪談《かいだん》

⓳ 図工室《ずこうしつ》のふしぎな絵《え》
「色《いろ》」の怪談《かいだん》

⓴ 妖怪《ようかい》たちの林間学校《りんかんがっこう》
「山《やま》」の怪談《かいだん》

㉑ 春《はる》は恐怖《きょうふ》の家庭訪問《かていほうもん》
「春《はる》」の怪談《かいだい》

㉒ パソコン室《しつ》のサイバー魔人《まじん》
「スマホ・電話《でんわ》・パソコン」の怪談《かいだん》

㉓ 妖怪《ようかい》たちの職場見学《しょくばけんがく》
「職業《しょくぎょう》・仕事《しごと》」の怪談《かいだん》

㉔ 火《ひ》の玉《たま》ただよう消火訓練《しょうかくんれん》
「火《ひ》」の怪談《かいだん》

㉕ 図書室《としょしつ》は異次元空間《いじげんくうかん》
「本《ほん》・手紙《てがみ》・文字《もじ》」の怪談《かいだん》

オウマガドキ学園《がくえん》

4コマ劇場《げきじょう》

火事《かじ》